Lebensretter
Geschichten, die, zu Herzen gehen

Auf Anregung meiner Mutter, Frau Martha Link

Wolfgang Link

Impressum

Impressum 2
Vorwort 4
Mutterliebe 5
Schwangere in Not 8
Professor Landsteiner, ein Helfer der Menschheit 9
Lehrer rettet seine Schüler vor dem Verderben 10
Knapp der Katastrophe entgangen 11
Ein Albtraum 12
Verschollen im Watt 14
Immer mehr Menschen ertrinken! 16
Todesmut in Reihe 19: Holland feiert seinen fliegenden Helden 18
Das Wunder vom Hudson River. 19
Das Geiseldrama von Mogadischu 23
Der Engel von Sibirien 25
Eine bescheidene Heldin. 27
Die Engel von Hamburg 31
Ein großartiger Beitrag zur Versöhnung zwischen Juden und Deutschen 32
Niederländer ehren Wehrmachts-soldaten 36
Zivilcourage rettete Tausenden das Leben. 39
Trümmerfrau als Lebensretterin 40
Eine mutige Rede trägt zur Rettung des am Boden zerstörten Deutschlands bei 44
Die Luftbrücke 1: Die Rosinenbomber 47
Luftbrücke 2: Die Katastrophe 49
Luftbrücke 3: Berliner Kinder sterben in den Flammen 50
Luftbrücke 4: Der Beginn einer jahrelangen Freundschaft 51
Die Lebensretter von Ostberlin 53

Eine diplomatische Meisterleistung 54
Letzte Fahrt 56
Der Mann, der den Dritten Weltkrieg verhindert hat 57
Die unblutige Revolution 59
Anhang zur Aufführung der Oper Fidelio im Herbst 1989 in Dresden 60
Syrien: Frans van der Lugt- Märtyrer der Neuzeit 64
Syrien: Tagebuch des Maristen Sabe 66
Die Erfahrungen in drei Kontinenten 69
Nachwort 74

Impressum

Dr. Wolfgang Link, Gengenbach 2014
Alle Rechte liegen beim Autor
Herstellung und Verlag: BoD - Books on Demand, Norderstedt
Technische Ausführung: David und Domenic Zimmermann, Altenheim
ISBN 978-3-7386-6450-8

Vorwort

Ziel der vorliegenden Schrift ist es, Menschen ein Denkmal zu setzen, die Außergewöhnliches geleistet haben. Auch in schweren Zeiten, im Krieg oder drohenden Katastrophen haben sie teilweise unter Einsatz ihres Lebens und bis zur Erschöpfung Menschen vor dem Verderben bewahrt. Diese leuchtenden Vorbilder sollten vor dem Vergessen bewahrt werden.
Von den Unzähligen, die diese Heldentaten vollbracht haben, können nur einige wenige exemplarisch dargestellt werden. Weitere Berichte findet man z. B. in Stille Helden, herausgegeben vom gleichen Autor (ISBN 3-8334-2296-3)
Der Deutschen Lebensretter-Gesellschaft, den Deutschen Konservativen einschließlich Aktion Reiskorn, idea Spektrum, dem Maximilian-Kolbe - Werk und der Aktion Vergissmeinnicht sei ganz herzlich gedankt für die Erlaubnis zur Veröffentlichung von Texten. Ein besonderes Dankeschön an Hildegard Rauer für das Tippen zahlreicher Kapitel, den Eheleuten Birgit und Heino Bruns für die sorgfältige Korrektur des Manuskriptes und David Zimmermann für das Einfügen von Bildern und die technische Überarbeitung.
Möge auch Ihnen, liebe Leser, die bewundernswerten Taten der Lebensretter zu Herzen gehen!

Gengenbach, im November 2014

Mutterliebe
Für Monika

Eine junge Mutter von vier Kindern wünscht sich noch zusätzlich ein Pflegekind. Als sie beim Jugendamt anruft, erzählt eine Mitarbeiterin unter Tränen erstickter Stimme von einem neun Wochen alten Säugling. Er liege im Sterben. Seine Mutter habe ihn so misshandelt, dass er an einem Schädeltrauma, Gehirnblutungen und zahlreichen Knochenbrüchen leide. Der jungen Frau ging dies so zu Herzen, dass sie am nächsten Morgen Sterbebegleitung anbot. Sie wolle in der letzten Zeit seines Lebens noch alle Liebe geben. Der Kinderarzt gab dem Kind keine Überlebenschance. Wie durch ein Wunder, sicher auch durch die liebevolle Zuwendung, hat Hänschen* doch überlebt. Als seine leibliche Mutter ihn bei einem Besuch im Kinderheim erneut schlug und Elisabeth*, so heißt die Mutter der vier Kinder, davon erfuhr, kam ihr der Gedanke: Den nehmen wir als Pflegekind in unserer Familie auf. Ihr Wunsch war schon immer, eine Großfamilie zu haben. Gedacht, getan. Gemeinsam ging die Familie ins Heim. Jedes ihrer Kinder nahm den Kleinen in den Arm, und alle waren von der Idee angetan, ihn in die Familie aufzunehmen, ebenso auch Elisabeths Ehemann. Die Pflegeeltern waren sich des Risikos bewusst, das sie auf sich nahmen: Die Folgeschäden waren nicht vorhersehbar. Es bestand die Gefahr, dass Hans zeitlebens auf den Rollstuhl angewiesen ist.
Im Alter von fünf Monaten stellten sich epileptische Anfälle als Folge von Hirnblutungen ein. Alle vier Kinder gaben wie die Pflegeeltern viel Zuwendung,

streichelten und fütterten ihn. Eine Reaktion blieb bis zum vierten Lebensjahr aus. Schließlich bewegte er ein Bein. Von da an ging es bergauf. Die Aufnahme eines Berner Sennenhund beschleunigte die Entwicklung: Er begann zu krabbeln und nach dem Tier zu greifen. Die Medikamente gegen Epilepsie konnten abgesetzt werden, da bis zum 18. Lebensjahr keine Anfälle mehr auftraten. Trotz erneuter Schläge durch die Rabenmutter in Gegenwart einer Mitarbeiterin des Jugendamtes verlief die weitere Entwicklung den Umständen entsprechend erfreulich: Hans besuchte zunächst den Kindergarten und wurde mit siebeneinhalb Jahren zusammen mit normalen Kindern eingeschult. Dieses Umfeld, vor allem die liebevolle Zuwendung der ganzen Adoptivfamilie waren seine Rettung. Trotzdem leidet er als junger Erwachsener an den Folgen der Misshandlung: Neben Wiederauftretens epileptischer Anfälle schmerzen ihn, insbesondere bei Wetterumschwung, die Stellen, an denen er Knochenbrüche davontrug. Er hat eine verlängerte Reaktionszeit. Sein räumliches Sehvermögen ist beeinträchtigt. Vor allem ist er seit dem Auftreten eines Gehirntumors charakterlich verändert. Er fragt: "Warum musste dies gerade mir passieren?" Er sieht, wie Menschen aus seinem Umfeld einen Beruf erlernen, heiraten. Er wird nie ein normales Leben führen können. Es bleibt zu hoffen, dass eine Spezialschule für Behinderte ihn zu einer einfachen Tätigkeit befähigt. Da Tiere sein Ein und Alles sind, wäre eine Aufgabe als Tierpfleger denkbar.

Elisabeth und ihre Familie wollten trotz der oben geschilderten Probleme noch ein weiteres Kind aufnehmen. Peter*, das zweite Adoptivkind, litt, verursacht durch Alkohol- und Drogeneinnahme der Mutter während der Schwangerschaft am Alkoholsyndrom. Seine frühe Kindheit war unglücklich: Bei der Unterbringung in sechs verschiedenen Pflegefamilien, dazwischen bei den leiblichen Eltern erlebte er nie Liebe und Geborgenheit, im Gegenteil: Die sechste Pflegefamilie stellte ihn kurzerhand zusammen mit Gepäck vor dem Jugendamt ab. Elisabeth nahm ihn zunächst für eine Woche in die Ferien mit. Dank ihrer Herzenswärme entwickelte sich rasch eine innige Beziehung. Die Anrede mit "Mama" zeigte: Er hatte sie als gute Mutter angenommen. Trotz Zerstörungswut, einer Folge des Alkoholsyndroms, ging ein Viertel Jahr lang alles gut. Dann stellten sich anomale Verhaltensweisen wie Zündeln, Zerschneiden der eigenen Kleider, Ausbüxen und Diebstahl ein. Trotz dieser enormen Belastungen sieht und fördert seine Pflegemutter seine positiven Seiten: Sein liebevolles Wesen, seine sanftmütige Art, seine Vorliebe für Kirchenbesuche wurden durch die warmherzige Atmosphäre bei den Pflegeeltern verstärkt.

Auch wenn laut Aussagen eines Psychologen 80 Prozent der Menschen mit Alkoholsyndrom es nicht schaffen, ein normales Leben zu führen, rät er: "Gebt nicht auf!" Dennoch: Peter braucht eine Eins- zu- Eins- Betreuung, die für ihn mitdenkt. Er kann nicht unbeaufsichtigt sein. Es ist zu hoffen, dass er in einer Behindertenwerkstätte eine Anstellung findet.

Elisabeth ist seit knapp 10 Jahren Witwe. Seitdem ruht die gesamte Verantwortung allein auf ihren Schultern. Ihr gütiges Wesen, ihre strahlenden Augen zeigen: Sie bejaht auch heute noch ihre freiwillig gewählte Aufgabe. Gäbe es mehr solcher liebevollen Mütter, so wären die Kinder viel ausgeglichener und den Belastungen des Lebens besser gewachsen. Es wäre ein Segen für unsere Gesellschaft. Sicherlich würde diese große Frau das Bundesverdienstkreuz verdienen.

* Namen geändert

Schwangere in Not
Meiner Patentante Trudel gewidmet

Ein totes Baby, weggeworfen in eine Mülltonne, schockierte Maria, ebenso auch die Bekenntnisse von Schwangeren in Not, die nach einer Abtreibung in tiefe Depressionen gefallen sind und ihren Kurzschluss bitter bereut haben. Entsetzt war sie beim Anschauen eines Filmes über Abtreibung. In allen Einzelheiten wurde gezeigt, wie der werdende Mensch, dessen Organe bereits alle ausgebildet waren, während der Tötung vor Schmerzen sich wand , sich an der Gebärmutter festklammerte, bevor er zerstückelt in die Mülltonne geworfen wurde. Das ist Mord! dachte sie. Dagegen muss ich etwas tun! Sie engagierte sich in der Telefonberatung für Schwangere in Not. Mit viel Einfühlungsvermögen verstand sie es, werdenden Müttern in scheinbar ausweglosen Situationen zu helfen und ja zu ihrem Kind zu sagen.

Im Lauf der Tätigkeit erhielt sie einen verzweifelten Anruf von einer 27jährigen Frau, Mutter von zwei Kindern. Ihr Mann drängte sie mit brutalen Methoden

zur Abtreibung, als sie das dritte Kind erwartete. So boxte er sie in den Bauch. Sie dagegen wollte das Kind zur Welt bringen. Nach dem Gespräch war sie erleichtert. Ihr Entschluss stand fest: Ja zum werdenden Leben, nein zu einem solch lieblosen, lebensverachtenden Mann.
Völlig verzweifelt rief eine 15jährige werdende Mutter an. Sie stammte aus einem strengen Elternhaus. Ihre Eltern ließen ihr nur die Wahl zwischen Abtreibung und Rauswurf aus ihrem Elternhaus, eine schier ausweglose Lage. Maria wusste Rat: Die Unterbringung im Haus des Lebens rettete nicht nur das Kind vor der Tötung, sondern gab dem Mädchen Wärme und Geborgenheit. Damit wurden ihr neue Perspektiven für ihr weiteres Leben eröffnet.

Professor Landsteiner, ein Helfer der Menschheit

Meinen verehrten Professoren Hans Mohr, Peter Sitte und Otti Wilmanns in Dankbarkeit gewidmet

Von den vielen Wissenschaftlern, deren Leistungen Menschenleben retteten, sei exemplarisch Professor Landsteiner, der Entdecker des AB0-Blutgruppensystems, hervorgehoben
Noch im 19. Jahrhundert war eine Bluttransfusion ein tödliches Risiko. Aus für den damaligen Wissensstand der Medizin unerklärlichen Gründen verlief eine derartige Maßnahme teils problemlos, in anderen Fällen trat der Tod infolge Gefäßverstopfung ein. Dies

veranlasste Professor Karl Landsteiner, Bakteriologe, seine bisherige Forschungsrichtung zu ändern und den Ursachen für die Komplikationen bei der Blutübertragung nachzugehen. In systematischen Experimenten am eigenen Blut und dem seiner Mitarbeiter in Labortests außerhalb des menschlichen Körpers entdeckte er den Grund für die Unverträglichkeit: Er konnte auf der Oberfläche der Roten Blutkörperchen die Antigene A und B nachweisen. Diese dockten an Antikörper der unverträglichen Blutgruppen an und brachten die Blutkörperchen zum Verklumpen. Unter Beachtung der verträglichen Blutgruppen des AB0-Systems war fortan bei Operationen und sonstigem größerem Blutverlust eine Bluttransfusion eine lebensrettende, gefahrlose Maßnahme. Durch diese bahnbrechende Entdeckung hat Professor Landsteiner Millionen Menschen das Leben gerettet.

Trotz Auszeichnung seines Lebenswerkes mit dem Nobelpreis für Medizin im Jahre 1930 blieb Landsteiner bescheiden.

Lehrer rettet seine Schüler vor dem Verderben

Meinem Lehrer der ersten Klasse, Herrn Ries, einem modernen Pestalozzi, sowie weiteren vorbildlichen Lehrern gewidmet

Ein erlebnisreicher Klassenausflug nähert sich dem Ende. Die Schüler, sichtlich erfüllt von dem abwechslungsreichen Programm, unterhalten sich angeregt oder lauschen den flotten Rhythmen der Rockmusik aus dem Lautsprecher. Plötzlich ein Raunen auf den vorderen Plätzen: Ohnmächtig sinkt der Busfahrer, ein 41 Jahre alter Mann, über dem Steuer seines Wagens zusammen. Augenblicklich herrscht Totenstille. Was würde passieren, wenn das führerlose Fahrzeug ungebremst auf die Gegenfahrbahn geriete oder die Böschung rechterhand hinunterrasen würde? Die Schüler überfällt Todesangst. Doch der Lehrer, der glücklicherweise vorne sitzt, bleibt gelassen. Ohne zu zögern, steuert er den Bus auf die Standspur und bringt ihn ohne Personen- und Sachschaden zum Stehen. Nachdem der Lehrer einen Notruf abgesetzt und Erste-Hilfe-Maßnahmen durchgeführt hatte, kommt auch der Fahrer bald wieder zu sich. Den Applaus der Schüler sowie das Dankeschön der Eltern hat dieser Lebensretter sicher mehr als verdient.

Knapp der Katastrophe entgangen
Für Hermann Haas, Ingrid, Rainer, Hans und Familie sowie Max Wagner

Ein vollbesetzter Schulbus gerät in einer Rechtskurve auf die Gegenfahrbahn, stößt mit einem entgegenkommenden PKW zusammen, durchbricht ungebremst die Leitplanke, überschlägt sich mehrmals und bleibt am Fuße einer Böschung liegen. Dieser Unfall in einer unübersichtlichen Kurve verursacht eine Massenkarambolage: Mehrere Fahrzeuge können nicht mehr rechtzeitig bremsen und rasen gegen das auf der

Fahrbahn liegende Auto. Der Polizei und den Rettungsmannschaften bietet sich an der Unglücksstelle ein Bild des Grauens: mehrere Tote und Schwerverletzte, von Blut überströmt, Verletzte, die in Folge von Querschnittslähmung, Schädelverletzung oder einer notwendigen Arm- oder Beinamputation nie mehr ein normales Leben führen können. Ursachen für solche folgenschweren Unfälle sind häufig Sekundenschlaf oder Ohnmacht.

Glücklicherweise trat dieses Horrorszenario am 15. Mai 2007 nicht ein. Der vollbesetzte Schulbus ist unterwegs zum Schulzentrum. Die jungen Fahrgäste freuen sich auf den baldigen Beginn der Pfingstferien und sind guter Dinge. Plötzlich fällt der Fahrer in Ohnmacht. Der Bus droht ungebremst auf eine Leitplanke zu fahren, die vor einer fünf Meter tiefen Böschung angebracht ist. Trotzdem bewahrt ein Junge, der in der ersten Reihe sitzt, die Nerven. Geistesgegenwärtig zieht er die Handbremse und bringt das Fahrzeug gerade noch rechtzeitig zum Stehen. Dem kurz darauf eintreffenden Polizisten erzählt er, bei seinem Vater habe er richtiges Verhalten in einem solchen Fall auf dem Traktor gelernt. Durch sein beherztes Eingreifen bewahrte er seine Mitschüler und Unbeteiligte vor dem Tod oder gesundheitlichen Folgeschäden.

Ein Albtraum
Für Olga, Walter, Adelheid, Lioba und Georg

Schweißgebadet wacht Kuno L., von Beruf Fernfahrer,

auf. Ein schrecklicher Albtraum hatte ihn nachts verfolgt. Während der Fahrt durch einen Kilometer langen Tunnel fängt ein Vorderreifen plötzlich Feuer. Nach Einschalten der Warnblinkanlage bringt er sein Fahrzeug auf einer Nothaltestelle zum Stehen, um den Brand zu löschen. Beißender Qualm schlägt ihm entgegen. Die Luft ist so dick, dass es ihm den Atem verschlägt und er zu keiner vernünftigen Maßnahme fähig ist. Die Rauchschwaden behindern die Sicht so sehr, dass nachkommende Fahrzeuge den Überblick verlieren. Krachend stößt ein PKW auf das brennende Fahrzeug, überschlägt sich und stürzt auf die Gegenfahrbahn. Ein Tanklastzug rast ungebremst in die Unglückstelle und kippt um. Das austretende Benzin fängt sofort Feuer, es kommt zu mehreren Explosionen. In das Inferno geraten noch Dutzende Fahrzeuge. Verzweifelt versuchen Überlebende, sich zum Ausgang zu retten. Aber sie haben keine Chance und verbrennen lebendigen Leibes. Die rasch herbeigeholte Feuerwehr kann wegen der enormen Hitze- und Rauchentwicklung nicht helfen. Nur eine totale Sperrung verhindert noch Schlimmeres. Bilanz der Tragödie: Dutzende Tote und Schwerverletzte, die tagelang mit dem Tode ringen. Ein Albtraum? Beinahe wäre die Katastrophe so oder ähnlich wie im Traum eingetreten.

Am Tag zuvor fuhr Kuno L. mit seinem LKW durch einen Kilometer langen Tunnel. Vermutlich wegen Überhitzung fing ein Reifen Feuer. Anders als im Traum verhielt er sich instinktiv richtig: Mit Vollgas erreichte er gerade noch rechtzeitig den Ausgang des Tunnels und brachte sein Fahrzeug auf einer Nothaltestelle zum Stehen. Mit einem Feuerlöscher verhinderte er ein

Übergreifen der Flammen. Dank der richtigen Entscheidung bewahrte er viele Verkehrsteilnehmer vor dem sicheren Tod.

Verschollen im Watt
49jähriger ertrunken, ein Mensch in letzter Minute gerettet
Für Dietrich, Marion, Julia, Maja und Philipp Thielenhaus

Es sind erschreckende Szenen, die sich am Nachmittag des Neujahrstages am Strand von St. Peter - Ording abspielen: Über dem Watt kreiste ein Rettungshubschrauber. Das Licht der Suchscheinwerfer durchbricht die Dämmerung. DLRG Helfer beugen sich über eine Frau, die sich kaum noch auf den Beinen halten kann.
Was war passiert?
Zusammen mit ihrem Ehemann bricht die Frau aus Bonn am 1. Januar zu einem Spaziergang im Watt auf. Es ist schönes Wetter, die Sicht ist gut. Über Ebbe und Flut und die Orientierung hatten sich die beiden wohl keine Gedanken gemacht. Nach einigen Kilometern tut sich vor den Spaziergängern ein Priel, ein großer Wasserlauf im Watt auf und schneidet ihnen anscheinend den Weg zurück an Land ab. Der Priel ist groß und mehr als zwei Meter tief. Das Ehepaar hatte sich im Watt verlaufen..
Tödliche Strömungen im Watt
Die beiden geraten in Panik und versuchen den Priel zu durchschwimmen. Doch das Wasser hat gerade mal fünf

Grad. Die nassen Kleider machen ihnen das Schwimmen schwer, irgendwann verliert die Frau ihren Mann aus den Augen. Immer wieder versucht sie, an Land zu schwimmen, immer wieder wird sie von der Strömung abgetrieben. Mit letzter Kraft schafft sie es schließlich, den Priel zu durchschwimmen und schleppt sich an den Strand.
Spaziergänger bemerken die Frau und wählen den Notruf. Die DLRG - Retter aus St. Peter-Ording sind die ersten, die am Strand eintreffen. Sofort versorgen sie die Frau und bringen sie in den Rettungswagen. Die 45jährige ist völlig durchnässt und unterkühlt. Während sich einige DLRG - Retter um die Frau kümmern, machen sich die anderen, ausgestattet mit Überlebungsanzügen, Schutzhelmen und Rettungswesten mit einem Rettungsboot auf die Suche nach dem vermissten Ehemann. Es ist ein Wettlauf gegen die Zeit. Auch als die Dämmerung einsetzt, geben die Kameraden nicht auf. Und doch können die Retter letztendlich nichts mehr für den Mann tun. Nach stundenlanger Suche finden sie den Mann leblos im Watt....Er hat es nicht geschafft.
DLRG-Rundbrief vom 12. März 2014
Deutsche Lebensrettungsgesellschaft e.V. 31542 Bad Nenndorf, Im Niedernfeld 1-3
IBAN: DE87 2501 oo30 06600003 05

Rettung in letzter Sekunde
Für Albrecht und Ulrike von Klitzing

Die DLRG-Retter kommen kaum dazu, Luft zu holen.

Noch während der erste Rettungseinsatz läuft, geht bereits der nächste Notruf ein: Ein weiterer Mann hat sich im Watt verirrt. Die Zeit drängt, die Flut hat eingesetzt. Die Retter machen sich sofort auf die Suche. Zum Glück können sie diesen Mann rechtzeitig aus dem Watt befreien, an Land bringen und ihm das Leben retten.

Das Watt mit seiner Weite wird oft zur Todesfalle für Spaziergänger. "In den letzten Jahren ist bei uns die Anzahl der Hilfeleistungen im Watt gestiegen." berichtet Johann Stauch von der Ortsgruppe St. Peter- Ording. Gerade Urlauber unterschätzen die Gefahren, die dort draußen lauern. Und dann kann aus dem entspannten Spaziergang schnell eine lebensgefährliche Situation werden. Immer wieder müssen unsere DLRG-Kameraden Menschen aus Lebensgefahr retten, die im Watt von der Flut oder dem Nebel überrascht werden oder sich verlaufen.

DLRG-Rundbrief vom 12. März 2014

Immer mehr Menschen ertrinken!
Hier kam die Hilfe in letzter Sekunde...

...So wie im Fall vom kleinen Nils aus Berlin: Ihm hat es das Leben gerettet, dass ein DLRG-Rettungsschwimmer vor Ort war, als er in Wassernot geriet und dass dieser Retter gut ausgerüstet und sofort einsatzfähig war.

Nils ist eine Wasserratte. Er kann gut schwimmen und segelt bereits seit mehreren Jahren. Der Junge ist am Wannsee aufgewachsen. Es ist ein windiger Tag, der Regen peitscht aus dem blaugrauen Himmel herunter. Kein Wetter, das zu einem Bootsausflug einlädt, doch

Nils war schon oft bei solchen Wetterverhältnissen auf dem Wasser, der Junge hat sein "Optimist" Boot gut im Griff. Doch dann kommt alles ganz anders....
Plötzlich erwischt eine unerwartet starke Windböe das leichte Segelboot. Nils hat keine Chance: Der Junge stürzt in den See. "Ich weiß nicht genau, was passierte, es ging so schnell. Plötzlich war da überall Wasser um mich herum" schildert Nils das Erlebte. Er schluckte in dem kalten See sehr viel Wasser. Plötzlich spürte Nils, wie ihm die Luft wegbleibt. Die Schot, eine Leine zum Bedienen des Segels, hat sich um Nils Hals geschlungen. Der Junge kann nur noch schwer atmen und verheddert sich immer mehr in der Leine. Wieder und wieder wird er unter Wasser gezogen. ... Es ist ein solches Glück, dass DLRG-Retter Sebastian Puhl von seinem Rettungsboot aus plötzlich auf das gekenterte Boot aufmerksam wird. Ohne zu zögern, springt er in den Wannsee und krault zu Nils, dessen Blondschopf immer wieder von dem grauen Wasser verschluckt wird. Rettungsschwimmer Puhl greift sich den mittlerweile völlig entkräfteten Jungen und hält ihn seinen Kopf über Wasser. Mit geschickten Handgriffen versucht er, die Leine um Nils Hals zu lösen und nach einigen Minuten gelingt es ihm. Nils wird in ein mittlerweile herbeigefahrenes Boot gehoben und ans Ufer gebracht. Es war Rettung in letzter Minute. „Ohne den Sebastian würde ich heute bestimmt nicht mehr leben. Ich bin echt froh, dass er da war", freut sich Nils. Sein Lebensretter ist bescheiden: Ich habe einfach meinen Job gemacht. Und Gott sei Dank waren wir mit unserem Rettungsboot gerade auf dem Wannsee unterwegs. Ohne Boot wären wir wohl nie rechtzeitig zu Nils gelangt.

Todesmut in Reihe 19: Holland feiert seinen fliegenden Helden
Meinen Schwiegereltern Ernst und Lydia Thielenhaus

Delta-Passagier Jasper Schuringa erzählt in einem Fernsehinterview, wie er den nigerianischen Attentäter überwältigt hat.
Amsterdam. Hollands Hochstimmung lässt sich in drei Worte umfassen. " Wir sind Held." Dass ein 32jähriger Werbefilmer am ersten Weihnachtsfeiertag fast allein den verheerenden Terroranschlag auf ein US-Passagierflugzeug verhindert haben soll, macht die Niederländer stolz. Jaspar Schuringas Name ist in aller Munde.
Über jede Einzelheit des dramatischen Geschehens an Bord des Airbus A330 in der letzten Phase des Fluges 253 von Amsterdam nach Detroit wird in den niederländischen Medien berichtet, oft in den Worten des Retters selbst:
"Als ich den Verdächtigen sah, wie er Feuer fing, da bin ich natürlich fast ausgeflippt", sagt er. Ich dachte nur noch: O verdammt, der versucht, unser Flugzeug zu sprengen.
Andere Passagiere bestätigen Schuringas Bericht weitgehend. Danach saß der 23jährige Nigerianer Umar Abdulmutallab in einem Gangplatz der Reihe 19 auf der rechten Seite des A330, nicht weit vom Fenster und der Tragfläche, wo eine Explosion größten Schaden angerichtet und die Maschine vermutlich zum Absturz gebracht hätte.
In blinder Wut hält Schuringa den verletzten Nigerianer im Würgegriff.

Unter seiner Decke habe der Mann herumgefummelt und dann sei ein Knall zu hören gewesen, berichten Zeugen. Schuringa, er saß einige Plätze entfernt, schräg hinter dem Nigerianer sagte: "Jeder ringsum geriet in Panik" Ohne zu zögern, sei er über die Sitzplätze und Fluggäste hinweggeklettert, mit bloßen Händen habe er begonnen, die Flammen zu löschen.
Andere Passagiere halfen mir. Ich schrie immer wieder "Wasser, Wasser". Sofort seien Crewmitglieder mit Wasserflaschen und Feuerlöscher gekommen. Ich versuchte den Körper des Mannes nach Sprengstoff abzusuchen, dann habe ich so ein Ding von ihm weggerissen, das rauchte und schon schmolz. Ich versuchte es auszudrücken, während ich ihn bändigte. Bis die Flammen gelöscht wurden, habe er den Attentäter trotz Brandwunden an den Händen "in blinder Wut" im Würgegriff gehalten. Rasch sei der Nigerianer gefesselt und in die erste Klasse geschleift worden.
Bei der für den 8. Januar geplanten Rückkehr nach Amsterdam erwartet den Holländer nun wohl ein Heldenempfang. Im Namen der Regierung dankte ihm Ministerpräsident Wouter Bos schon mal telefonisch.
Quelle: WZ vom 28. Dezember 2009

Das Wunder vom Hudson River.
Amerika hat einen neuen Helden- den Piloten, der den Airbus auf dem Wasser sicher aufsetzte.
für Birgit und Heino Bruns

Nach der geglückten Notlandung auf dem Hudson-River

wird Pilot Chesley Sullenberger als Held gefeiert.
Es ist ein Wunder, ein Wunder, stammelte der in eine Decke gehüllte Brad Wetzell, die Hose noch durchnässt vom Eiswasser. Die Zähne klapperten bei Temperaturen von minus 10 Grad, doch einen Satz bringt er noch heraus. "Ohne diesen wunderbaren Mann im Cockpit wäre ich jetzt tot. Meine Familie hätte keinen Vater mehr".
Wunder gelten gemeinhin als nicht erklärbar- sonst wären sie keine. Doch dass 155 Menschen am Donnerstagnachmittag den Airbus 320 der Fluggesellschaft US Airways nach einer Landung auf dem Hudson-River lebend verlassen können und nicht im Eiswasser jämmerlich ertrinken, ist vor allem ein Verdienst von Flugkapitän Chesley Sullenberger. Der 57jährige, den Freunde nur "Sully" nennen, ist - und das macht den größten Teil des Wunders aus - ausgerechnet für jenes Schreckensszenario besonders qualifiziert, das die Passagiere von Flug 1549 nach dem Start vom Flughafen La Guardia durchleben.
Horror Minuten
Es sind vier Minuten des Horrors, in denen einige in SMS-Botschaften bereits von Angehörigen Abschied nehmen. Um 15,26 Uhr hebt der Airbus von der Startbahn ab, begibt sich in eine leichte Linkskurve. Der Steigflug führt den 81-Tonnen Jet, vollgetankt für den Flug nach Charlotte im Bundesstaat North Carolina, nur Sekunden nach dem Start über eine kleine Insel, auf der traditionell kanadische Graugänse bei ihrer Wanderung Rast machen. Im nächsten Augenblick hören die Passagiere eine Explosion, der Blick aus dem Fenster zeigt ihnen, dass das linke Triebwerk brennt.

Wir stürzen ab, textet Vallie Collins (37) an ihren Ehemann voller Panik.
Cheley Sullenberger und sein Co-Pilot Jeff Skiles (49) melden der Flugsicherung einen "doppelten Vogelschlag". Auch das rechte Triebwerk arbeitet nicht mehr zuverlässig. Nun gilt es blitzschnell eine Entscheidung zu fällen. Zurück nach La Guardia? Das würde zu viele Richtungswechsel mit einem fast manövrierunfähigen Jet erfordern.
Der Fluglotse schlägt den kleinen Flughafen Teterboro in New Jersey vor: Doch Sullenberg entscheidet. Zu weit und zu lange über dicht bewohntem Gebiet. Er bleibt in der Linkskurve über dem Vorort Yonkers und nimmt, während das Flugzeug an Höhe verliert, die ungewöhnlichste Landebahn seiner 40jährigen Karriere ins Visier: den an dieser Stelle rund 2200 Meter breiten Hudson River, der New York von New Jersey trennt und auf dem täglich Dutzende von Fähren hin und her kreuzen. " Wasser ist hart wie Beton", wissen Piloten. Und eine Notwasserung kann nur gelingen, wenn keine der Flügelspitzen zuvor das Wasser berührt und das Fahrwerk eingefahren ist. Sullenberger ist auf dieses riskante Manöver, das über Leben und Tod entscheidet, bestens vorbereitet.
Er lernte bei der Air-Force, Kampfjets zu fliegen. Er arbeitete jahrelang in einer staatlichen Komission, die Unfälle und Notfälle untersucht hat. Er betreibt neben seinem Job für US-Airways eine eigene Agentur, die unter anderem Fluggesellschaften in der Frage berät: Wie einem Krisenfall an Bord begegnen?
Und: Chesley Sullenberger hat gelernt, Gleiter zu fliegen, also Fluggeräte ohne Antriebskraft. Um 15.30

Uhr ruft er über die Sprechanlage: "Die Notlandeposition einnehmen". Dann setzt er den weißen Jet mit dem blauen Leitwerk so sanft und horizontal auf dem trüben, eisigen Wasser auf, dass die meisten Passagiere nur einen mittelschweren Ruck verspüren. "So, als ob dir jemand von hinten aufs Auto fährt", sagte der 31jährige Jeff Kolodjay. Einige Sekunden herrschte gespenstische Ruhe an Bord. Wer an den Fenstern sitzt, sieht das Wasser außen hochschwappen. Sofort beginnt die Evakuierung über die Notausgänge, Frauen und Kinder zuerst, gibt die erfahrene Kabinencrew vor.

Die Passagiere versammeln sich auf den Tragflächen des dümpelnden Jets oder kauern am Ende der Notrutschen, einige stehen bis zu den Hüften im Wasser oder schwimmen. Nur Minuten später sind bereits die ersten Fähren vor Ort. Sie werfen Rettungswesten und Leinen ins Wasser, beginnen, die zitternden und weinenden Menschen aufzunehmen, von denen rund 80 später vor allem wegen Unterkühlung behandelt wurden. "Sie waren rasend schnell da", sagt Passagier Julian Williams, „auch sie sind unsere Helden". Für New Yorks Bürgermeister Michael Bloomberg Grund genug, Sullenberger mit dem Schlüssel der Stadt auszuzeichnen. Der Held selbst war nicht anwesend- er wurde von den Nationalen Sicherheitsbehörde befragt.

Der größte Held des Tages wartet nach der Notwasserung mit dem Verlassen des Jets.

Während die Passagiere schon von den Booten aufgenommen werden, geht Chesley Sullenberger noch zweimal durch die gesamte Kabine des dümpelnden Kolosses, in dem schon knöcheltief das Wasser schwappt. Und stellt sicher, dass niemand

zurückgeblieben ist. Erst dann steigt er als Letzter in ein Rettungsboot der Küstenwache. Er nimmt sein Handy und ruft seine Frau in Kalifornien an, "Es ist etwas passiert", sagt er und das klingt fast, als wolle sich der Held entschuldigen.
Quelle: Offenburger Tageblatt vom 17./18. Januar 2009

Das Geiseldrama von Mogadischu
Für Angelika und Evangelos

17. Okt. 1977 kurz vor Mitternacht. Die mit 91 Menschen besetzte Landshut der Lufthansa ist schon seit 5 Tagen in der Gewalt von vier arabischen Terroristen, drei Männern und einer Frau. Die Bedingungen an Bord sind unerträglich.
Nach Ausfall der Klimaanlage reicht die verbleibende Luft kaum zum Atmen, manchmal herrschen Temperaturen von über 50 Grad.
Wasser und Nahrungsvorräte werden knapp, an Schlaf ist angesichts der tödlichen Gefahr nicht zu denken.
Die Terroristen weigern sich, selbst Frauen und Kinder freizulassen und sind zum Äußersten entschlossen, wenn ihre Forderungen, nämlich die Freilassung von RAF-Gesinnungsgenossen, nicht erfüllt werden. Sie demütigen Ihre Opfer durch brutale Schläge, drohen mit Erschießung einer Geisel.
Dass sie es ernst meinen, zeigen sie mit der Ermordung von Flugkapitän Schumann. Wie einen Türvorleger werfen sie den Leichnam auf das Rollfeld. Aus ihren Blicken ist blindwütiger Hass und abgrundtiefe

Menschenverachtung erkennbar.
Schon bringen sie auf Wände des Flugzeugs Plastiksprengstoff und Zündschnüre an, um ihren teuflischen Plan in die Tat umzusetzen.
Kaltblütig besprengen sie ihre Opfer mit Alkohol, um die Chance zu überleben, bei der bevorstehenden Katastrophe auszuschließen. Die seelischen Belastungen übersteigen das Zumutbare um ein Vielfaches. Einige beginnen die Nerven zu verlieren.
Bonn: Seit Tagen arbeitet der Krisenstab im Bundeskanzleramt rund um die Uhr. Die Bundesregierung unter Bundeskanzler Helmut Schmidt will sich einerseits nicht erpressen lassen, anderseits will sie alles tun, um das Leben der Unschuldigen zu retten, eine gefährliche Gratwanderung.
Dank des Verhandlungsgeschicks von Herrn Wischnewski willigt die sozialistische Regierung von Somalia ein, dass eine Eliteneinheit des Bundesgrenzschutzes. die GSG9, in Mogadischu landen darf. Dies ist mit hohen Risiken für alle Beteiligten verbunden, sind doch die Entführer bis auf die Zähne bewaffnet und zum Äußersten entschlossen. Ein falscher Schritt, und alles ist verloren.
Kanzler Schmidt ist bereit, im Falle eines Scheiterns zurückzutreten, aber er sieht keinen andern Weg zur Lösung der Krise. Wie er nachträglich bekennt, half nur noch beten.
Um Mitternacht wird das Kommando zur Stürmung der gekaperten Maschine erteilt.
Alles vollzieht sich in wenigen Sekunden. die Elitesoldaten sprengen die Tür zum Flugzeug, zünden Magnesiumlichter, wodurch alle außer sie selbst

geblendet werden, da sie Spezialbrillen tragen. Nach dem Ruf: "Alle hinlegen, wir werden Euch befreien!" ist es für sie ein Leichtes, die drei Attentäter mit gezielten Schüssen zur Strecke zu bringen.
Die angeschossene Araberin versucht unter hysterischem Geschrei zu entkommen, wird aber auf dem Rollfeld festgenommen.
Alle Geiseln bleiben unverletzt. Als dies nach Bonn gemeldet wurde, verlässt der Kanzler die Sitzung und war nach eigenem Geständnis den Tränen nahe. Als die in Stuttgart Stammheim einsitzenden RAF - Terroristen den Ausgang des Geiseldramas erfuhren, nahmen sich Raspe, Bader und Ensslin das Leben.
Die Welt ist von einer tödlichen Bedrohung befreit, nur bösartige Stimmen, offenbar Geistesgestörte, stellen den mutigen Entschluss des Kanzlers und die heldenhafte Ausführung durch die tapferen Männer der GSG9 in die Ecke der Nazis.
Bleibt zu wünschen, dass angesichts der zunehmenden Bedrohung des Weltfriedens durch Fanatiker jede Geiselnahme einen friedlichen Ausgang nimmt wie in Mogadischu.

Der Engel von Sibirien
Für Hildegard Rauer

Krasnojarsk 1915. In völlig überfüllten Baracken vegetieren deutsche Kriegsgefangene dahin. Der Abtransport nach Sibirien kommt in den meisten Fällen einem Todesurteil gleich. Viele sind der harten

Fronarbeit nicht gewachsen. Völlig unzureichende Ernährung, keine medizinische Betreuung, Schläge durch die Aufseher, die gefürchtete sibirische Kälte bei mangelhafter Kleidung rafften im ersten Kriegsjahr 80 Prozent der Insassen dahin.
Die meisten dieser Elendsgestalten starben an Flecktyphus, Durchfall, Unterernährung und Erfrierungen.
Elsa Brandström, eine Schwester des Schwedischen Roten Kreuzes, hörte von diesen unsäglichen Leiden und möchte einen Beitrag zur Linderung der Not leisten.
Sie tauscht ihre von dem Krieg verschont gebliebene Heimat mit dem durch den Krieg geschundenen Land.
In Krasnojarsk angekommen, ist sie schockiert über die Zustände in den Lagern. Es fehlt an allem und jedem: Mangel an Betten, Decken, Wasser und Waschmöglichkeiten, dazu katastrophale hygienische Verhältnisse.
Zusammen mit einer weiteren Schwester des Schwedischen Roten Kreuzes, Ethel Heidenstam organisierte sie Hilfe über das deutsche und österreichische Rote Kreuz.
Obwohl dies in den Kriegswirren nicht einfach war, stellten sich die Erfolge in Kürze ein. Allein im berüchtigten Lager Krasnojarsk sank die Sterblichkeit von 80 auf 18 Prozent.
Auch seelisch stand Elsa ihren Schützlingen bei und brachte ihnen Licht und Wärme.
Dies brachte ihr den Namen " Engel von Sibirien" ein.
Acht Jahre später. Nach der Rückkehr aus der Gefangenschaft hatten viele Kriegsteilnehmer, insbesondere diejenigen, die ihre Angehörigen verloren

hatten, in Bad Marienborn, Kreis Bautzen große Schwierigkeiten, sich in Deutschland zurechtzufinden. Ihnen half sie bei der Wiedereingliederung. Für Kinder, die Vollwaisen geworden waren oder von ihren Eltern durch Flucht oder Vertreibung getrennt wurden, gründete sie in Lychen, Uckermark ein Kinderheim und bewahrte sie vor Verwahrlosung.
Gegen Ende des 2. Weltkrieges startete sie eine Hilfsaktion für notleidende Kinder in Deutschland von den USA aus, wo sie mit ihrem Mann lebte.
Daraus entstanden Care International und Cralog (Council of Relief Agencies Licensed for Operation in Germany). Viele Kinder rettete sie damit vor dem Verderben.
Zu Recht wurde sie fünf Mal für den Friedensnobelpreis vorgeschlagen. Viele Straßen, Schulen und Vereine in Deutschland und Österreich tragen ihren Namen. Mit mehreren Auszeichnungen, u.a. der Silberplakette des Deutschen Reiches und der Ehrendoktorwürde der Universität Tübingen wurde ihr einzigartiges Lebenswerk geehrt.

Eine bescheidene Heldin.
Für Schwester Hatune Dogan

Irena Sendler rettete 2500 jüdische Kinder aus dem Warschauer Ghetto - jetzt wurde sie für den Friedensnobelpreis vorgeschlagen.
für Hiltrud , Heinrich, Christiane Köhne geb. Layer mit Familie, Gunhild und Wolfram Layer

Sozialarbeiterin aus Berufung
Als 1939 der Krieg ausbricht, ist Irene Sendler 29 Jahre alt. Sie arbeitet als Krankenschwester beim Warschauer Sozialamt. Unmittelbar nach Beginn der deutschen Besatzung beginnen Zwangsmaßnahmen und Gewalt gegen die jüdische Bevölkerung. Schon 1940 wird das Warschauer Ghetto errichtet. Über 350000 Menschen werden unter unvorstellbar grausamen Lebensbedingungen hinter drei Meter hohen Mauern eingepfercht.
Dem Sozialamt ist von deutschen Besatzungsangehörigen jegliche Unterstützung der jüdischen Bevölkerung untersagt. Die Sozialarbeit war unsere Berufung, erinnerte sich Irena Sendler in ihren Aufzeichnungen.
"Wir handelten aus menschlichen Gefühlen und blieben den Grundsätzen der Sozialbetreuung treu." Mit einigen anderen besorgte sich Irena Sendler einen Ausweis der "Sanitätskolonne", so dass sie unter dem Vorwand der Bekämpfung ansteckender Krankheiten freien Zugang zum Ghetto erhält. Dort versorgt sie Tag für Tag Menschen hinter den Mauern.

Tragische Szenen
Als 1942 die Deportationen der Juden aus dem Ghetto beginnen, wird Irena Sendler Mitglied der Geheimorganisation Zegota. Polnische und jüdische Gruppierungen hatten diese gegründet, um Juden im besetzten Polen zu helfen.
Unter dem Decknamen Jolanta beginnt Sendler, Kinder aus dem Ghetto zu bringen, um sie vor der sicheren Ermordung durch die Deutschen zu bewahren.

"Wir sagten, dass wir die Möglichkeit haben, Kinder über die Mauern zu schmuggeln", berichtete Irena Sendler. Sie erinnerte sich an tragische Szenen. Eltern standen vor der Entscheidung, ihre Kinder in fremde Hände zu geben, ohne kaum eine Hoffnung, sie jemals wieder zu sehen. Manchmal habe der Vater zugestimmt, aber die Mutter sich weinend an das Kind geklammert. In den Müttern, die sich durchgerungen hatten, ihr Kind den Helfern anzuvertrauen, sieht Irena Sendler die wahren Heldinnen des Ghettos. Manche entschieden sich aber auch dafür, mit ihren Kindern gemeinsam in den Tod zu gehen.

Rettung der Kinder
Insgesamt können rund 2500 Kinder aus dem streng bewachten Ghetto gebracht werden: durch Gebäude am Rande, durch Kellergewölbe oder gar die Kanalisation.
Manche Kinder werden mit Schlafmitteln betäubt und in Säcken, Koffern und Werkzeugtaschen aus dem Ghetto getragen. Wegen der Angst der Wachmänner vor Seuchen im Ghetto werden Irene und ihre Helfer meist nicht genau kontrolliert. Manchmal geben sie an, die Kleinen seien krank oder tot. Normalerweise geht Irena Sendler am nächsten Tag noch einmal zu den Familien, um sie über die gelungene Flucht zu informieren. Nicht selten findet sie leere Wohnungen vor. Die Familien wurden bereits in die Vernichtungslager deportiert.
Irena Sendler und ihre Helferinnen besorgen den Kindern eine neue Identität und ein neues Zuhause in polnischen Familien, Klöstern und Waisenhäusern. Die Unterbringung außerhalb des Ghettos gestaltet sich oft noch schwieriger als die Befreiung selbst. Die alten

jüdischen und die neuen polnischen Namen der geretteten Kinder schreibt Irena Sendler verschlüsselt auf Papier. Die Listen versteckt sie in Gläsern, die sie im Garten vergräbt. Die jüdischen Kinder sollten nach Kriegsende zu ihren Eltern zurückkehren können.
Irena Sendler ist sich jederzeit des Risikos bewusst: Am 20. Oktober 1943 hämmert die Gestapo nachts an ihre Wohnungstür. Man hatte sie denunziert. Sie wird in das berüchtigte Pawiak Gefängnis gebracht. Trotz schwerer Folter, man brach ihr die Beine und Füße, schweigt Sendler eisern und gibt keine Namen preis. "Lieber wollte ich sterben, als unsere Arbeit zu verraten". Was bedeutete mein Leben schon im Vergleich zum Leben so vieler anderer Menschen, die ich dem Tod ausgeliefert hätte?". Irena Sendler wird zum Tode verurteilt. Am Tag ihrer Erschießung ermöglicht ihr ein Wachmann, von der Zegota bestochen, die Flucht. Sie ändert ihren Namen und arbeitet mit falschen Papieren im Untergrund weiter.

Nach dem Krieg
Nach der Befreiung Warschaus übergibt Irena Sendler die Namensliste aus den vergrabenen Gläsern dem Zentralkomitee der Juden in Polen. Die Identität der geretteten Kinder ist gesichert.
Im kommunistischen Polen findet das Engagement von Irene Sendler keine besondere Würdigung, im Gegenteil. Abfällig als "Judenhelferin" bezeichnet, gerät sie sogar in die Fänge des Sicherheitsapparates. Ihren Kindern wird ein Studienplatz verweigert.
1965 zeichnet die Gedenkstätte Yad Vashem Irena Sendler mit dem Titel "Gerechte unter den Völkern" aus. Ehrung in Polen erfährt sie erst nach der politischen

Wende. Bis vor einigen Jahren nur wenigen bekannt, erhält sie 2003 die höchste Auszeichnung Polens, den Weißen Adler für Tapferkeit und großen Mut. ....
Bei einem der Besuche gibt sie uns (Anm.: den Mitarbeitern des Maximilian-Kolbe-Werkes) mit auf den Weg: "Wenn ich das Wichtigste in meinem Leben zusammenfassen müsste, würde ich sagen: Wir sollen uns lieben, ohne die Menschen in Rassen und Religionen aufzuteilen. Und Toleranz üben gegenüber allen, auch gegenüber jenen, die andersgläubig sind oder anders denken als ich selbst. Wenn man alle achtet, die anders sind als ich, wird die Welt besser sein."
Irena Sendler wurde 2007 für den Friedensnobelpreis nominiert. Das Maximilian-Kolbe-Werk unterstützt die Nominierung dieser bescheidenen Heldin.

Quelle: Rundbrief Juli 2007, Maximilian-Kolbe-Werk Freiburg, Hilfe für die Überlebenden der Konzentrationslager und Ghettos
Spendenkonto: IBAN: DE 18400602650003034900

Die Engel von Hamburg
Irmgard Knittel gewidmet

August 1944. Vor dem Marien-Krankenhaus in Hamburg beaufsichtigen SS-Männer eine total ausgemergelte Gruppe von 12 KZ Häftlingen. Aufräumarbeit nach einem Bombenangriff.
12 KZ-Häftlinge, 12 Jammergestalten. Eine resolute Ordensschwester, zugleich Chefköchin in der Krankenhausküche, sieht die traurige Szene. Ohne lange

über die möglichen Folgen nachzudenken, entscheidet sie allein. "Das seh' ich mir nicht länger an"...Dann schnappt sie einen gefüllten Suppentopf, bittet zwei Mitschwestern, ihr zu helfen. Mit Suppentopf, Kelle und Tellern bewaffnet steuern sie schnurstracks die Häftlinge an. Zwei SS-Männer stellen sich mit Gewehren vor die Schwestern.

"Stopp, zurück, das sind Häftlinge." Die spontane Antwort der resoluten Küchenschwester: "Und wir sind katholische Ordensschwestern, arbeiten für die Mutter Gottes. Habt ihr etwa keine Mutter? Schämt Euch. Diese armen Gestalten haben Hunger, und wir geben ihnen zu essen."

Aus welchem Grund auch immer: Die SS-Männer gaben den Weg frei und die Häftlinge bekamen vermutlich seit Monaten oder auch Jahren das erste Mal wieder ein gutes Essen. Sie flüsterten den Schwestern nur ein leises "Danke" zu.

Quelle: Aktion Reiskorn, Beethovenstraße 60, 22083 Hamburg

Ein großartiger Beitrag zur Versöhnung zwischen Juden und Deutschen
Von Joachim Siegerist
Für Tante Gertrud

1938. Hitler an der Macht in Deutschland. Ein Jahr vor Kriegsbeginn. Viele im Ausland lebende Deutsche sind vom "Führer" begeistert, ahnen nichts von seinen wahren Plänen und von dem, was auf Deutschland

zukommt- glauben nach der Schmach des Versailler Vertrages endlich wieder an ein "besseres Deutschland".
Auch das deutsche Farmermädchen Friedel aus dem Diamantenstädtchen Lüderitz in Deutsch-Südwest, benannt nach dem Bremer Kaufmann Adolf Lüderitz, der 1882 hier landete.
Das junge Mädchen ist in Lüderitz in der deutsch-evangelischen Felsenkirche, für die Kaiser Wilhelm ll die bunten Bleiglasfenster gestiftet hatte, getauft, dort auch konfirmiert wurden. Ihre Eltern sind Farmer. Deutsche Farmer, seit 1906 in der Deutschen Kolonie "Süd West". Deutsche Farmer und tief überzeugte Anhänger Adolf Hitlers und seiner NSDAP.
Politik ist Politik. Liebe ist Liebe. Die 19jährige Friedel verliebt sich in den 10 Jahre älteren Sidney Druker. Normal? Von wegen. Sidney ist Jude. Seine Familie jüdisch-orthodox. Eine Tragödie, wie beide Familien meinen. Die deutsche Familie: Wie kannst Du nur mit einem Juden? Die jüdische Familie: Wie kannst Du nur mit einem christlichen Mädchen? Dazu deutsch und obendrein Nazi, eine Hitler Familie." Die deutsche Familie, die jüdische Familie, beide machen dem Liebespaar das Leben zur Hölle, drohen mit Enterbung und wer weiß was. Als wenn echte Liebe dadurch zerschlagen werden könnte. Jetzt erst recht. Die Zuneigung zwischen dem ungleichen Paar wächst eher und schließlich brennen beide durch, lassen sich standesamtlich im deutschen Standesamt im rund 120 Kilometer entfernten Bethanien trauen. Und ihre Ehe hält. Eine überaus glückliche Ehe, an der sich die "Nazi - Familie" und die "Juden - Familie" die Zähne ausbeißt.
Mai 1945. Der Krieg ist vorbei. Sidney Druker,

inzwischen angesehener und erfolgreicher Geschäftsmann, bekommt Post aus Deutschland. Als Friedel ihn im Wohnzimmer sucht, sieht sie, wie er mit dem Brief am Tisch sitzt und leise und unaufhörlich weint. Schlimme Post aus Deutschland. Sie hätte kaum schlimmer sein können. Ein Brief, der die schreckliche Gewissheit bringt: Seine Verwandten, die nach 1933 nicht nach Namibia gingen und in Deutschland blieben, sind ausnahmslos im Konzentrationslager Auschwitz ums Leben gekommen. Verhungert, vergast, umgebracht. Drei Tage schottet sich Sidney Druker von allen Menschen ab, auch von seiner geliebten Frau, schließt sich ein, isst keinen Bissen, öffnet nicht die Tür, trinkt nur etwas Wasser aus abgefüllten Flaschen. Wenn seine Frau bittet: "Sidney mach die Tür auf!" Die matte Antwort: "Bald". Nach 3 Tagen öffnet er die Tür. Sein volles schwarzes Haar ist grau geworden. Still sagt er zu seiner Frau "Komm Mädchen, wir haben etwas zu besprechen". Zu Fuß gehen beide zur deutsch-evangelischen Felsenkirche am Meer.....und dann sagt der Mann Sätze, die man im Fels der Kirche einmeißeln müsste. "Uns geht es heute gut, den Deutschen in Deutschland erbärmlich schlecht. Wir wollen auf unsere Weise zur Versöhnung beitragen....und er weihte seine Frau in einen Plan ein, der nur von einem Menschen erdacht werden kann, der weder Hass noch Rache kennt, der beinahe schon heilig sein muss.
Der Jude Sidney Drucker, dessen Geschwister, Großeltern, Onkel und Tanten in Auschwitz ermordet wurden, sammelt für die Deutschen in Deutschland Wolle. Schwarze Wolle von den in Deutsch-Südwest-Afrika gezüchteten Karakul -.Schafen, die in

Deutschland nur als Persianer-Schafe bekannt sind.
Von Farm zu Farm fährt er, und jeder deutsche Farmer macht mit. Die schwarzen Farmarbeiter; auch englische und holländische Farmer, Juden und auch einfache Menschen, reich oder arm, sie alle geben dem Juden Sidney Wolle, die er für Deutschland sammelt. Schließlich soviel Wolle, dass daraus 30000 Hosen und Jacken gewebt werden können. Die südafrikanische Marine transportiert die Wolle kostenlos. Ziel: Hamburg und Bremerhaven.
Dort wird die Wolle gewaschen, gesponnen, zu Bekleidung verarbeitet und an das Rote Kreuz verteilt. Hunderte von Dankesbriefen aus Deutschland öffnet Sidney Druker gar nicht erst. Ich musste es einfach tun, damit sich so etwas Grauenvolles nicht mehr wiederholt. Das ist alles. Dank lehnt er ab.
Aus dem Rundbrief der Deutschen Konservativen, Hamburg, 21. April 2006

Friedel Druker mit Bildern ihres Mannes Sydney

Niederländer ehren Wehrmachtssoldaten
Für Inge

Wehrmachtssoldat
Karl-Heinz Rosch

In den Niederlanden wurde im Jahre 2008 das Bild der Deutschen in etwas freundlicheren Farben gemalt: Im kleinen Dorf Goirle hatte sich eine Bürgerinitiative dazu entschlossen, dem jungen deutschen Soldaten Karl-Heinz Rosch ein Denkmal zu errichten. Er rettete die zwei niederländischen Kinder Jan und Joke Kilsdonk und verlor dabei sein Leben. Der Stahlhelm ist unverwechselbar: Wehrmacht.
Die meisten Niederländer erkennen das sofort.. Nun hat die Künstlerin Riet van der Louw das Standbild eines Soldaten mit dem verhassten Helm entworfen. Und Anfechtungen zum Trotz haben Niederländer Tausende von Euro gesammelt, damit das umstrittene Denkmal in Bronze gegossen und aufgestellt werden kann. "Wir

ehren damit nicht die Wehrmacht, sondern die Menschlichkeit eines jungen Soldaten", sagte Stadtrat und Denkmalinitiator Hermann van Rouwendaal. Der junge Deutsche hieß Karl-Heinz Rosch. Drei Tage, nachdem er 18 geworden war, tat er am 6. Oktober 1944 auf einem Bauernhof der südniederländischen Gemeinde Goirle etwas, das ihn in den Augen vieler zum Helden machte. Unter dem Artilleriefeuer der Deutschen ergriff der Deutsche zwei schutzlose Kinder und brachte sie in Sicherheit, Als er anschließend seinen fliehenden Kameraden nachlief, trafen ihn Granatsplitter, genau an der Stelle, wo er die Kinder in die Arme genommen hatte.

Seine Leiche war völlig zerrissen, überall lagen Körperteile herum, beschrieb ein Zeitzeuge die grausige Szene.

"Die Heldentat des jungen Deutschen ist mehr als 60 Jahre totgeschwiegen worden", schrieb van Rouwendaal in einem Aufruf zu Spenden für das Rosch- Denkmal. "Denn das war ja nur ein Feind, ein Scheiß - Deutscher". Jetzt nach all den Jahren, wurde der Soldat vom "scheißdeutschen Feind", zum Menschen rehabilitiert, der zwei Kindern das Leben rettete und dabei das eigene Leben verlor. Keine Glorifizierung, keine Verteufelung, sondern ein Versuch der Begegnung in den Grauzonen dessen, was eben menschlich ist.

2008 wurde der Bronzeguss des umstrittenen Deutschen aufgestellt. Aus Kampf- gegen- rechts- Gründen nicht auf einem öffentlichen Gelände, sondern im Garten eines älteren Bürgers der Gemeinde, direkt und gut einsehbar an der Hauptstraße. Er war einer der letzten, die Karl-Heinz Rosch noch lebend gesehen hatten.

Die Enthüllung des Denkmales nahm die gerettete Frau Joke Kilsdonk selbst vor

Quelle: Aktion gegen das Vergessen, 2010, Vergissmeinnicht

Zivilcourage rettete Tausenden das Leben.

Meinem Vater gewidmet, der wegen seiner kritischen Äußerungen gegenüber dem NS-Regime beinahe ins KZ gekommen wäre

Mein Vater
Friedrich Link

April 1945. Der 2.Weltkrieg geht dem Ende entgegen. Zahlreiche Städte lagen in Schutt und Asche, so auch Freiburg, einst die Perle des Schwarzwaldes. Die Innenstadt war zu 80 Prozent zerstört, zwischen der Nordseite des Münsterplatzes bis zum Bahnhof Ruinen, Berge von Trümmern bedeckten die von Bomben durchfurchten Straßen. Gespenstisch ragten rußgeschwärzte, einsturzgefährdete Fassaden der ehemaligen Adolf-Hitler- und der Friedrichstraße in den Himmel. Über Kilometer kein einziges unzerstörtes Haus, nur Trümmer weit und breit. Obwohl sich die Soldaten der Roten Armee und der US-Army bei Thorgau bereits die Hände gereicht und auch die Franzosen den Rhein überquert hatten, galt der strenge Befehl aus dem Führerquartier, Deutschland bis zum letzten Mann und bis zur letzten Patrone zu verteidigen. Wer sich diesen sinnlosen Anordnungen widersetzte, wurde von fanatischen Nazis erschossen oder an

Laternenpfählen aufgehängt. Mit einem Schild um den Hals, auf dem die zynische Aufschrift stand. Ich war zu feige, das Vaterland zu verteidigen.

Nach dem zermürbenden Bombenkrieg, der ständigen Bedrohung, der Hungersnot, der Knappheit an Wohnungen sehnten sich alle nach einem raschen Ende des Schreckens. Wer nicht völlig verblendet war, dem war klar, Widerstand war zwecklos und hätte einen noch größeren Verlust an Menschenleben zur Folge gehabt. Aus den Feindsendern war zu hören, wenn Freiburg sich nicht kampflos ergibt, stünden bereits 1000 Bombenflugzeuge bereit, die das Zerstörungswerk von 10 Fliegerangriffen fortsetzen würden. Dies veranlasste einige mutige Bürger, in einem Flugblatt die verbliebenen Einwohner zur Befehlsverweigerung aufzurufen und noch vor Einzug der einrückenden französischen Truppen weiße Fahnen zu hissen.

Obwohl sie sich des großen Risikos für ihr eigenes Leben bewusst waren, war ihnen die Rettung der Heimatstadt wichtiger als ihr eigenes Leben. Und sie hatten Erfolg. Dank ihres mutigen Einsatzes blieb Freiburg ein weiterer Angriff erspart. Die rasch vorrückenden Besatzungssoldaten kamen dem Erschießungskommando der NS- Schergen zuvor. Die standrechtliche Erschießung wurde in letzter Minute verhindert.

Trümmerfrau als Lebensretterin
Meiner Mutter gewidmet, ohne die ich verhungert wäre

Beim Durchblättern eines Albums mit Familienfotos

beeindrucken mich zwei Bilder besonders: mein Großvater auf einer Treppe eines bis auf die Grundmauern zerstörten Hauses sitzend, das einst seiner Schwester, meiner Großtante gehörte.

Die Folgen des Zweiten Weltkrieges: Hunger, Entbehrung und das Inferno der Bombardierung meiner Heimatstadt Freiburg waren aus seinem Gesicht deutlich abzulesen.

Ein zweites Bild ist ein Klassenfoto aus dem Jahr 1948. Auffallend, auf keinem der ausgemergelten Kindergesichter ist ein Lächeln zu sehen, alle gezeichnet von Hunger. Kälte, dem Hass der Siegermächte, beengten Wohnverhältnissen, mitunter ohne Vater aufgewachsen, der entweder gefallen, vermisst oder in Gefangenschaft war. Dank der aufopferungsvollen Fürsorge meiner Mutter erlebte ich trotz der Schrecken des Bombenkrieges und der Politik des Aushungerns durch die Siegermächte viel Wärme und Geborgenheit. Doch diese musste von meiner Mutter ständig gegen den

Eine Mutter gibt mitten im Nachkriegselend ihren Kindern Geborgenheit. Aus der Bilderfolge: Not und Elend im Krieg von Wolfgang Link

Widerstand der Mächtigeren verteidigt werden. Gegen Ende des Krieges wurde sie zum Ausheben von Schützengräben an der Westfront, auch Siegfriedlinie genannt, verpflichtet. Auf ihren Einwand, sie habe zwei Kleinkinder zu versorgen, erhielt sie von einer NS - Funktionärin die zynische Antwort: "Bringen Sie Ihre Kinder in den NS- Kindergarten, da sind sie besser aufgehoben". Besser als bei den Nazis aufgehoben waren wir bei liebevollen Großeltern, die auch nach dem Krieg uns viel Zuneigung schenkten und die hatten wir dringend nötig, wo doch der Vater durch Kriegsdienst und Kriegsgefangenschaft uns vorenthalten wurde und die Mutter durch Hamstern bis zur Erschöpfung im Umkreis von mehreren 1oo Kilometern uns am Leben erhielt. In den Monaten Juli und August 1945 gab es in Freiburg weniger als 600 Kcal/Person und Tag, in der darauffolgenden Zeit nur 9oo Kcal, 100 Kcal unter der KZ- Ration. Wie katastrophal der Gesundheitszustand von Kindern war, zeigt folgender Situationsbericht 1946: aus der Freiburger Zeitung: "In den Kinderkliniken werden Kinder mit Gehstörungen eingeliefert; Kinder, die durch Unterernährung völlig apathisch sind und vor Schwäche keinen Appetit mehr haben ..."

Um uns vor dem Hungerstod zu bewahren, fuhr unsere Mutter in den unregelmäßig verkehrenden Zügen bis ins Allgäu. Teilweise waren diese so überfüllt, dass sie gerade noch auf den Trittbrettern oder im Gang stehen konnte.

Gegen Verrichtung von Gelegenheitsarbeiten auf den Bauernhöfen erhielt sie teilweise eine großzügige Entlohnung, einmal sogar eine Kiste mit Weizen. Da sie diese im Zug nicht mitnehmen konnte, gab sie diese per

Bahnexpress auf.
Da mit Beschlagnahme durch die französischen Behörden zu rechnen war, gab sie als Inhalt "Bücher" an. Da die Kontrolleure daran offenbar kein Interesse hatten, kam die Sendung auch vollständig an und half uns für einige Zeit, den Hunger zu vergessen. Daneben schenkte sie uns, wenn sie nicht hamstern musste, viel Wärme und Geborgenheit.
Ohne ihren Einsatz bis an den Rand der Erschöpfung hätten meine Schwester und ich nicht überlebt.

Eine mutige Rede trägt zur Rettung des am Boden zerstörten Deutschlands bei

Professor Dr. Bernd Lucke und den Mitbegründern der Alternative für Deutschland, den wahren Enkeln von Konrad Adenauer, gewidmet

8.Mai 1945, Tag der bedingungslosen Kapitulation.
Für die Deutschen bedeutete der Waffenstillstand Fortsetzung des Krieges mit anderen Mitteln. Allein in den Lagern der westlichen Alliierten starben 900000 deutsche Kriegsgefangene an den Folgen von Unterernährung und Krankheiten.
Der Morgenthauplan sah vor, Deutschland in ein Agrarland umzuwandeln. Das hätte den Hungertod von 25 Millionen Deutschen zur Folge gehabt. Allein die Landwirtschaft hätte die Deutschen nicht ernähren können. Die durch Kriegszerstörung und Aufnahme von 7,3 Millionen Vertriebener aus den Ostgebieten verursachte Wohnungsnot war unlösbar. Die "Befreier" stellten nicht das dringend benötigte Baumaterial bereit,

ebenso wurde die unverzichtbare wirtschaftliche Entwicklung durch Demontage, Patentraub und gezielte Ausschaltung deutscher Konkurrenz systematisch blockiert. Hunger, Kälte, Elend, Verzweiflung, Hass der Siegermächte kennzeichneten den Alltag des am Boden zerstörten Landes.

In dieser hoffnungslosen Lage hielt Dr. Konrad Adenauer, damals Präsident des Parlamentarischen Rates, auf Einladung der Interparlamentarischen Union am 22. März 1949 in Bern eine Rede über Deutschland. Sie trug zweifellos zum Umdenken der Siegermächte, ihre Deutschlandpolitik betreffend, bei. Seinem Engagement und seinem Mut verdanken die damals lebenden Deutschen, dass nicht noch mehr Menschen an den Folgen einer unmenschlichen Besatzungspolitik sterben mussten. Hier einige Auszüge:

"Ich muss in diesem Zusammenhang zunächst von den Problemen der Vertriebenen sprechen. Es sind aus den östlichen Teilen Deutschlands, aus Polen, der Tschechoslowakei, Ungarn usw. nach den von amerikanischer Seite getroffenen Feststellungen insgesamt 13,3 Millionen Deutsche vertrieben worden. 7,3 Millionen sind in der Ostzone und in der Hauptsache in den 3 Westzonen angekommen. Sechs Millionen Deutsche sind vom Erdboden verschwunden, gestorben, verdorben. Von den 7,3 Millionen, die am Leben geblieben sind, ist der größte Teil Frauen, Kinder und Ältere. Ein großer Teil der arbeitsfähigen Frauen und Männer sind nach Sowjetrussland in Zwangsarbeit verschleppt worden. Die Austreibung dieser 13 bis 14 Millionen aus ihrer Heimat, die ihre Vorfahren zum Teil schon seit Hunderten Jahren bewohnt haben, hat unendliches Elend mit sich gebracht. Es sind Untaten verübt worden, die sich den von den deutschen Nationalsozialisten verübten Untaten würdig an die Seite stellen.

Die Austreibung beruht auf dem Potsdamer Abkommen vom 1.August 1945. Ich bin überzeugt, dass die Weltgeschichte über dieses Dokument ein sehr hartes Urteil dereinst fällen wird.

Infolge dieser Austreibung sind besonders in der britischen und amerikanischen Zone große Menschenmengen auf engstem Raum zusammengedrängt. Die Wohnungsnot ist zum Teil durch die Zerstörungen des Krieges, zum Teil durch das Hereinpressen von 7,3 Millionen Flüchtlingen in diese bereits unter Wohnungsnot leidenden Gebiete unerträglich.

Die Hungerjahre 1946/47 haben enormen Schaden in physischer und ethischer Hinsicht angerichtet. Die Tuberkuloseerkrankungen sind gestiegen von 53,5 auf je 10000 Einwohner im Jahre 1938 auf 127,5 im Jahre 1948. Die Kindersterblichkeit betrug im 2. Quartal 1946 über 135 pro 1ooo. In New York z.B. 10 pro 1000.

Die bedingungslose Kapitulation der deutschen Wehrmacht im Mai des Jahres 1945 ist von den Alliierten allein so ausgelegt worden, dass infolgedessen ein vollständiger Übergang der gesamten Regierungsgewalt auf die Alliierten stattzufinden habe. Diese Auslegung war völkerrechtlich falsch, praktisch haben die Alliierten eine für niemand zu lösende Aufgabe übernommen.

Meines Erachtens war diese Maßnahme der Alliierten ein schwerer Fehler. Es musste ein Fehlschlag eintreten, der das Ansehen der Alliierten im deutschen Volk stark beeinträchtigt hat. So trat ein rapider wirtschaftlicher, körperlicher und seelischer Verfall der Deutschen ein, der sich vielleicht hätte vermeiden lassen können Anscheinend haben auch Intentionen, wie sich der Morgenthauplan geoffenbart hat, mitgewirkt.

Die Luftbrücke 1: Die Rosinenbomber

Gail Halvorsen und den fliegenden Helden der Luftbrücke gewidmet

Juni 1948 in Berlin. Pausenlos dröhnen Militärflugzeuge aus den USA und Großbritannien über Berlin. In makabrer Weise wurde die Bevölkerung an die Tag und Nacht andauernden Luftangriffe erinnert, die die Stadt in Schutt und Asche legte.

Aus den spärlich erhaltenen Nachrichten erfuhren die Berliner von der drohenden Kriegsgefahr infolge der Verschärfung der Spannungen zwischen den Westalliierten und der Sowjetunion. Das Schreckgespenst eines Dritten Weltkriegs mit Deutschland als Schlachtfeld drohte.

Am 24. Mai erfuhren die Berliner aus den Rundfunknachrichten:

Die sowjetische Militärregierung sperrt ab sofort alle Zufahrtsverbindungen auf Straßen, Schienen und Flüssen zwischen den drei von den Westmächten kontrollierten Sektoren Westberlin und Westdeutschland mit dem Ziel, Westberlin dem sowjetischen Einfluss zu unterwerfen.

Das geschah auf Befehl Stalins. Nachdem dieser in Friedenszeiten über 40 Millionen Sowjetbürger

umbringen oder in Straflager deportieren ließ, riskierte er in seiner Menschenverachtung auch den Tod unzähliger Westberliner durch Hungertod.
Die Überlegung der US Regierung, den Zugang der eingeschlossenen Stadt mit Panzern zu erzwingen, wurde bald fallen gelassen, hätte er doch einen Dritten Weltkrieg zur Folge gehabt. Da entschlossen sich die Amerikaner zu einer in der Weltgeschichte einmaligen Rettungsaktion. Aus allen Teilen der Welt von Japan bis Hawai zogen sie alle verfügbaren Frachtflugzeuge zusammen und flogen in der 11 Monate dauernden Blockade in 277000 Flügen 2,3 Millionen Tonnen Hilfsgüter ein. Neben Kohle und einem in Einzelteile zerlegten Kraftwerk erhielt die hungernde Bevölkerung außer Grundnahrungsmitteln hochwertige Trockenkost wie Reis und Milchpulver, Cornedbeef und Schokolade mit einem Nährwert von 1700 Kcal pro Person und Tag.
Gail Halvorsen US-Pilot, bekannt unter dem Namen Schokoladenonkel, weil er Schokoladepackungen an Fallschirmchen kurz vor der Landung für die wartenden Kinder abwarf, erinnert sich: Bei der ersten Landung seines Rosinenbombers betraten 10 Berliner den Frachtraum, um beim Ausladen der Nahrungsmittel zu helfen. Vier von ihnen, unter ihnen ehemalige Wehrmachtssoldaten und Flakhelfer, reichten ihm, dem ehemaligen Feind, unter Tränen in den Augen, die Hand.
Junge Westberliner, die die fliegenden Helden der Lüfte mit Speisen und Getränken versorgten, umarmten die Lebensretter. Das Undenkbare geschah: Aus Feinden sind Freunde geworden.

Luftbrücke 2: Die Katastrophe
Meinen Verwandten in Basel, Tante Ida, Maria und Onkel Oskar gewidmet, die mich im Hungerwinter 1946/47 in die Schweiz einluden

Die Flüge der US-Armee und der Royal Air Force waren trotz meisterhafter Planung und Wartung der Maschinen sowie durch erfahrene Piloten lebensgefährlich. In der sowjetischen Besatzungszone waren Flak und Abfangjäger in Stellung gebracht. Zwar wurde durch die Russen kein einziges Flugzeug abgeschossen. Jedoch flogen Kampfjets der Roten Armee so nahe an die Rosinenbomber heran, dass teilweise die alliierten Piloten den Gegner im Cockpit erkennen konnten. Sichtbehinderung und Eisglätte in den Wintermonaten erhöhten die Unfallgefahr zusätzlich. Darauf hatte Stalin gehofft.
Ein besonders tragischer Unfall ereignete sich inmitten eines dicht besiedelten Stadtteil von Berlin. Der letzte Funkspruch des Unglücksflugzeuges lautete These damned houses (diese verdammten Häuser) Krachend stürzte die Maschine in einen Wohnblock und zerbarst. Die überlebenden Hausbewohner waren schockiert, Passanten brachten Blumen an den Unfallort und kommentierten die Katastrophe mit den Worten: "Unsere Retter geben selbst ihr Leben für uns, damit wir nicht verhungern".
Auf provisorisch gefertigten Tafeln war zu lesen: "Danke, wir werden Euch nie vergessen".

Luftbrücke 3: Berliner Kinder sterben in den Flammen

Meinen Großeltern und meiner Tante Luise gewidmet, die mir in Krieg und Nachkriegszeit Wärme und Geborgenheit schenkten

Die alliierte Kommandantur beschließt, anstelle von Leerflügen Westberliner Kinder zur Erholung nach Westdeutschland zu fliegen. Gesagt, getan,. Ein englischer Pilot erklärt sich dazu bereit. 30 Westberliner Kinder, durch den ständigen Fluglärm besonders genervt, gehen unter Begleitung einiger Eltern aufs Rollfeld. Ihr erster Flug ist ein großes Abenteuer. Freundlich empfängt sie die Mannschaft der Royal Air Force und lässt sie im für Passagiere provisorisch eingerichteten Frachtraum des Militärflugzeuges Platz nehmen. Was wird sie am Ziel erwarten? Süßigkeiten, die die Helden der Luft verteilen, erleichtern Ihnen den Trennungsschmerz von den Eltern.

"Ihr werdet es gut haben", beruhigt eine Mutter die Kinder, denen der Abschiedsschmerz am meisten zusetzt. Gespannt warten die jungen Reisenden in der ungewohnten Umgebung auf den Start. Doch die Maschine hebt zum vorgesehenen Zeitpunkt nicht ab. Unerwartet lang andauernde Reparaturen und Wartungsarbeiten verzögern den Abflug um mehrere Stunden. Endlich um 17 Uhr heulen die Motoren. Der Pilot bringt das Flugzeug in die vorgesehene Startbahn und unter dem Jubel der Kinder hebt sich das Flugzeug in die Lüfte. "Alrigth!" ruft der Kapitän, "no problem". Doch über Lübecks Flughafen hängt eine dunkle Wolke, die eine Landung vorerst unmöglich macht. Ein Lotse im

Kontrollturm weist den Piloten an, eine Runde zu drehen. Im Talflug streift die Maschine Bäume, stürzt ab und geht in Flammen auf. Der Pilot wird aus dem Cockpit geschleudert und ist auf der Stelle tot. Unter den Kindern bricht eine Panik aus. Unter lautem Geschrei versuchen sie, aus dem brennenden Wrack zu rennen. Den meisten Kindern gelingt dies, jedoch acht sterben in den Flammen.
Insgesamt ließen bei den 11 Monate dauernden Flügen 39 britische, 31 US Piloten und 13 Deutsche ihr Leben. Die Piloten gaben ihr Leben, um über 2 Millionen Menschen vor dem Verhungern zu retten.

Luftbrücke 4: Der Beginn einer jahrelangen Freundschaft
Herrn Lockheimer, dem hervorragenden Direktor gewidmet

Ein US-Pilot namens Sam startet seine Maschine, um nach Ausladen der Hilfsgüter in den Fliegerhorst nach Celle zurückzukehren. Zunächst funktioniert die Technik einwandfrei. Plötzlich fällt noch über dem Gebiet der sowjetischen Besatzungszone ein Motor aus. Die Maschine verliert an Höhe, kommt in Schieflage, den Piloten überkommt ein mulmiges Gefühl. Was tun, wenn auch der zweite Motor versagt? Und dies trifft kurz darauf ein. Geistesgegenwärtig springt der erfahrene Kapitän der Luft mit dem Fallschirm raus, kurz darauf zerschellt die Maschine am Boden unter Donnergetöse. Der Pilot liegt verletzt am Boden, unfähig, aus eigener

Kraft wegzulaufen. Nun ist alles aus, denkt er. In US-Uniform wird er vom Feind sofort erkannt und womöglich auf der Stelle erschossen. Ein Bewohner von Eisenach, durch die Explosion des abgestürzten Wracks aufmerksam geworden, geht zu dem hilflos am Boden liegenden Amerikaner und schleppt ihn unter Aufbietung all seiner Kräfte in seine Wohnung. Die Herzenswärme der Ehefrau seines Retters ist wohltuend. Sie gibt ihm Zivilkleidung. Nach einigen Tagen Pflege des Verletzten begeben sich die beiden Männer in Richtung Fulda, das von Eisenach 20 Kilometer entfernt ist. Die Flucht durch den Eisernen Vorhang war damals schon sehr gefährlich. Wenige Kilometer vor der Zonengrenze vertrauen sie sich einem Fluchthelfer an. Dieser hatte zuvor wachhabende Sowjetsoldaten bestochen. Wenige hundert Meter, als die Drei eine steile Böschung überwinden mussten, stürzt Sam entkräftet. Die beiden tragen ihn hinauf. Später bekannte er dankbar: "Ohne die Hilfe der beiden Deutschen hätte ich nicht überlebt. An der Demarkationslinie patrouillierte ein sowjetischer Grenzsoldat. Als er auf die drei Männer zukommt, befällt die beiden Angst vor der drohenden Verhaftung. Nachdem der Grenzposten nur zwei Meter vor den Flüchtenden entfernt ist, dreht er plötzlich ab. Die Bestechung hat gewirkt. Ohne Probleme erreicht Sam den Luftwaffenstützpunkt.

Weniger gut geht es dem Eisenacher auf dem Rückweg. Er wurde geschnappt und tagelang einem strengen Verhör unterzogen. Zu seiner Frau heimgekehrt, entschließen sich die beiden zur Flucht in den Westen. Wieder lief dank der Unterstützung eines Fluchthelfers alles reibungslos.

Ihr Ziel ist Celle. Wie freute sich Sam, seine neuen Freunde wiederzusehen. Es entwickelte sich eine dauerhafte, jahrlange Freundschaft, die erst nach Verlegung der Fliegereinheit von Sam endete.

Die Lebensretter von Ostberlin
Für Herrn Helmut Matthies und die Mitarbeiter von idea Spektrum, Wetzlar für die differenzierte, mutige Berichterstattung

Ein Dozent schildert die Vorzüge und Perspektiven des Sozialismus: Kein Privateigentum an den Produktionskräften mehr. Keine Konkurrenz zwischen den Unternehmern, Produzenten und Kaufleuten. Alle arbeiten einträglich zusammen unter der kundigen Leitung der Partei. ....Friede herrscht im Lande und mehr und mehr auch unter den Völkern. Die letzte Stufe der gesellschaftlichen Entwicklung ist der Kommunismus. Da ist dann Leistungslohn nicht mehr nötig. Jeder arbeitet gern und jeder bekommt alles, was er braucht, in reichem Maße. Jeder ist zufrieden und gönnt dem Nächsten, was ihm zusteht. Neid und Geiz gibt es dann nicht mehr. Denn der Wohlstand wird unausdenkbar groß sein, und dann bauen wir uns den Himmel auf Erden.
Aus: "Das Wunder der Freiheit" in idea Spektrum Nr. 36, 3.9.2014

Die Wirklichkeit im Himmel auf Erden sah freilich anders aus. Nahrungsmittelknappheit, Unterdrückung, Unfreiheit bis zum Staatsterror waren im Arbeiter- und

Bauernparadies die Regel.
Als die Arbeitsnormen erhöht werden sollten, entlud sich der Volkszorn durch Massen Demonstrationen in vielen Städten der DDR am 17.Juni 1953. Es erschall der Ruf der Freiheit, freien Wahlen und Wiedervereinigung mit Westdeutschland. Elisabeth F. die wegen "mangelnder Zuverlässigkeit" nicht studieren durfte, stellte zusammen mit dem Betriebsleiter des Wasserwerkes Potsdam die ganze Belegschaft auf die Beine. Aber der Wille des Volkes wurde durch sowjetische Panzer völlig niedergewalzt. Es gab zahlreiche Tote und Verletzte. Diese Zahl wäre noch größer geworden. Nur der Zivilcourage von 53 Sowjetsoldaten ist es zu verdanken, dass nicht noch mehr Berliner sterben mussten. Sie haben den Befehl verweigert, auf Zivilisten zu schießen. Diese Lebensretter mussten ihre Heldentat mit dem Leben bezahlen. Sie wurden standrechtlich erschossen.

Eine diplomatische Meisterleistung
Dr. Konrad Adenauer und Professor Ludwig Ehrhard gewidmet

Zwei Jahre später. Dank der Staatskunst von Dr. Konrad Adenauer ist die Bundesrepublik Deutschland wieder international angesehen. Der wirtschaftliche Aufschwung, die Aussöhnung mit den Westalliierten, insbesondere die beginnende Freundschaft mit Frankreich finden weltweit Anerkennung. Der Einfluss Dr. Adenauers auf die Außenpolitik der USA ist mittlerweile so groß, dass westliche Historiker und Diplomaten ihn als den heimlichen Außenminister der

Vereinigten Staaten von Amerika bezeichnen. Dies lässt auch die Mächtigen im Kreml nicht untätig. Im Herbst 1955 nimmt Adenauer eine Einladung des Regierungschefs der Sowjetunion Sergei Nikita Chrustschow an, eine gewagte Mission. Obwohl seitens der Sowjets wirtschaftliche Interessen und die Aufnahme diplomatischer Beziehungen mit der Bundesrepublik Deutschland im Vordergrund stehen, ist für Adenauer die Rückführung von 10000 Kriegsgefangenen und weiteren 10000 Zivilpersonen ein Herzensanliegen. Die Gefangenschaft in sibirischen Lagern unter unmenschlichen Bedingungen: Hunger, Kälte, mangelnde medizinische Versorgung kam für die meisten einem Todesurteil gleich. So kehrten von den 100000 in Gefangenschaft geratenen Soldaten in Stalingrad nur 3000 heim.

Aber die Kreml-Führung zeigte sich gegenüber diesem humanitären Anliegen aus einer Position der Stärke heraus gegenüber dem Repräsentanten eines bis zur bedingungslosen Kapitulation besiegten Feindes unnachgiebig. Die sowjetische Seite sprach ein klares Njet mit der Begründung, es gebe keine Kriegsgefangene mehr. Adenauer war verzweifelt und brach die Verhandlungen ab. Schon ließ er sein Flugzeug startklar machen, da lenkten die Mächtigen im Kreml in letzter Minute ein und gaben die mündliche Zusage, alle noch in der Sowjetunion inhaftierten Deutschen freizulassen.

Groß war der Jubel der Kriegsgefangenen, als sie über 10 Jahre der Gefangenschaft von der freudigen Botschaft erfuhren. Unter den Klängen des Deutschen Volksliedes, 'Muss i denn zum Städtele hinaus' fuhren sie in Eisenbahnwaggons in Richtung Westen. Erst als sie die

Demarkationslinie, die die DDR von der Bundesrepublik Deutschland trennte, überquert hatten, ging ihre jahrelange Sehnsucht, ihre Heimat wiederzusehen, in Erfüllung. Im Aufnahmelager Friedland spielten sich ergreifende Szenen ab: Mütter und Ehefrauen schlossen ihre inzwischen totgeglaubten Angehörigen unter Tränen in die Arme. Eine Mutter kniete beim Besuch von Dr. Adenauer vor ihm nieder, eine andere Frau überreichte ihm aus Dankbarkeit über die Rettung ihres Sohnes eine Dose aus reinem Silber, die noch heute in der als Museum eingerichteten Villa in Röndorf zu sehen ist.
Die Rettung so vieler Kriegsgefangener war eine diplomatische Meisterleistung und grenzt an ein Wunder.

Letzte Fahrt
Den Opfern des Stalinismus gewidmet

13. August 1961. Die letzte Fluchtmöglichkeit aus dem Arbeiter - und Bauernparadies wird durch den Bau der Berliner Mauer dicht gemacht.
Wut und Empörung machen sich breit. Unter Lebensgefahr wagen Republikflüchtige den Weg in die Freiheit unter abenteuerlichen Umständen: Durch Tunnels, die in wochenlanger mühevoller Arbeit gegraben wurden, auf Hochseilen, mit einem Heißluftballon, mit dem Schlauchboot über die Ostsee, mit Passagierschiffen, Flugzeugen. In einem Fall durchbrach ein ganzer Personenzug den "antifaschistischen Schutzwall".
Ein besonders tragischer Fluchtversuch ereignete sich an

einer der Sektorengrenzen von Ost- nach Westberlin. Ein Busfahrer raste mit einem vollbesetzten Fahrzeug in Richtung Sperranlagen. Kurz vor der Grenze ordnete er an. "Alle hinlegen!"
So waren die Insassen weitgehend vor den Schüssen der Grenzsoldaten sicher. Schon war die erste Sperranlage erfolgreich durchbrochen, da eröffneten die Grenzsoldaten gemäß Schießbefehl von Ulbricht das Feuer. Der Fahrer wurde von mehreren Schüssen getroffen. Unter Aufbietung seiner letzten Kräfte lenkte er sein Fahrzeug auf Westberliner Gebiet. Dann brach er tot zusammen. Er opferte sein Leben, damit andere in Freiheit leben konnten.

Der Mann, der den Dritten Weltkrieg verhindert hat
Michail Gorbatschow gewidmet.

Mitte August 1988. Soldaten in den Bundeswehrkasernen werden aus dem Schlaf gerissen. Das Oberkommando ordnete sofortige Generalmobilmachung an. Laut Information des militärischen Abschirmdienstes werden in allen Staaten des Warschauer Paktes Truppen zusammengezogen mit Stoßrichtung Bundesrepublik Deutschland. Endziel ist es, ganz Westeuropa bis zum Atlantik zu erobern. Wie erst nach der Wende bekannt wurde, ist ganz Westberlin in 10 provisorische Regierungsbezirke aufgeteilt worden. Sie sollten mit DDR Funktionären besetzt werden. Listen mit Millionen von Westdeutschen lagen vor, die nach der Eroberung liquidiert werden sollten. In Zeiten der Entspannungspolitik, eingeleitet durch die Politik von Brandt mit dem Ziel des Wandels durch Annäherung waren fast alle Politiker und Militärs gänzlich unvorbereitet. Die Truppen des Warschauer Paktes hatten es leicht, Westdeutschland innerhalb weniger Tage zu überrollen. Die Soldaten der Bundeswehr waren diesem Überraschungsangriff nicht gewachsen. Aber die kommunistischen Eroberer machten an der Westgrenze der Bundesrepublik Deutschland nicht halt. Für sie war es die einmalige Chance, ihrem Ziel, die Welt unter kommunistischer Flagge zu erobern, näher gekommen. Als die Truppen des Warschauer Paktes sich der deutsch-französischen Grenze näherten, lief der rote Draht zwischen Paris und Washington heiß. Der Entschluss stand fest: Die Force de Frappe sollte mit dem atomaren Schutzschild die weitere Invasion stoppen.

Dies hätte Millionen Menschen in Deutschland und Ostfrankreich das Leben gekostet und große Teile Mitteleuropas verseucht, sowie unzählige Städte in Schutt und Asche gelegt. Wem ist es zu verdanken, dass dieses Horrorszenario nicht eintrat? Allein dem damaligen sowjetischen Generalsekretär Gorbatschow. Er trat den Scharfmachern im Ostblock mit einem klaren Njet entgegen und hat damit einen Dritten Weltkrieg mit noch schlimmeren Folgen als in den vergangenen Kriegen verhindert.

Die unblutige Revolution
Den Helden, die beim Ungarn - Aufstand 1956 und beim Prager Frühling 1968 ums Leben kamen und den mutigen DDR-Bürgern

Leipzig Nicolaikirche Oktober 1989. Nach den schon seit Jahren stattfindenden Friedensgebeten strömen immer mehr Menschen auf zentrale Plätze der Stadt. Die Rufe nach Freiheit und Reformen werden immer lauter vorgetragen. Die Menge skandiert, "Wir sind das Volk" und "Keine Gewalt!"
Auch eine junge Familie schloss sich dem Protestzug an, Eltern zweier 9 und 11jähriger Kinder. Ihnen war die Gefahr bewusst, der sie sich aussetzten. Scharfschützen waren auf den Dächern postiert, Schulen und Turnhallen zu Lazaretts eingerichtet. Die Nationale Volksarmee war in Bereitschaft versetzt, die friedliche Revolution gewaltsam niederzuschlagen. Die Teilnahme am gewaltlosen Protest war lebensgefährlich. Dies hielt unzählige Menschen in der DDR nicht davon ab, gegen das verhasste Regime des Arbeiter - und Bauernparadieses friedlich zu demonstrieren. Damit die Kinder von Familie N.. nicht Vollwaisen im Falle von Gewaltanwendung durch die Volkspolizei und die NVA wurden, wechselten sie sich jeden Montag ab.
Der Funke sprang schnell auf andere Städte über. Allein auf dem Alexanderplatz in Ostberlin demonstrierten über eine Million Menschen.
Nach Aufführung der Freiheitsoper Fidelio in Dresden, in der der Chor der Gefangenen in DDR-Häftlingskleidung auftrat, kam es vereinzelt zu Rangeleien mit der Volkspolizei. Obwohl die Lage bis

zum Zerreißen gespannt war, fiel kein einziger Schuss.
Wie war es möglich, dass am 9. Nov. 1989 die Berliner Mauer fiel? Gorbatschow hatte auch dieses Mal ein klares Njet zum Einsatz von Truppen des Warschauer Paktes gesprochen und damit ein Blutvergießen mit unzähligen Toten verhindert. Anders als bei der Niederschlagung des Volksaufstandes in der DDR am 17. Juni 1953, dem gewaltsamen Niederknüppeln der Freiheitsbewegung in Ungarn 1956 und dem Prager Frühling August 1968 siegte dank der Umsicht des sowjetischen Generalsekretärs der KPDSU, Michail Gorbatschow, der Wille des Volkes.
Diese unblutige Revolution, in der eine vor Waffen strotzende Diktatur mit Gebeten und Lichterketten besiegt wurde, ist zweifellos in der Weltgeschichte einzigartig.

Anhang zur Aufführung der Oper Fidelio im Herbst 1989 in Dresden
Für Helga Henning

Die Oper Fidelio basiert auf einer wahren Geschichte, die sich in den Wirren der französischen Revolution zugetragen haben soll. Don Pizarro, der Gouverneur eines Staatsgefängnisses, hält seine politischen Feinde als Opfer willkürlich in seiner Gewalt gefangen. Unter ihnen befindet sich Florestan, den der Gouverneur wegen Missbrauch seiner Macht öffentlich anklagte. Seine Frau Leonore wollte ihn befreien und sich dafür, als Mann verkleidet, unter dem Namen Fidelio in das Gefängnis einschleichen. Am Ende einer dramatischen Handlung kommt es zu einem glücklichen Ende. Pizarro erhält seine gerechte Strafe und der mit dem Tod bedrohte Florestan wird freigelassen und rehabilitiert.

Als Beethoven im Jahre 1805 die Freiheitsoper über das Schicksal eines politischen Gefangenen komponierte, konnte er nicht ahnen, dass politische Gefangene im Jahr 2014 noch immer ein brandaktuelles Thema sein würden.

Der bewundernswerte Einsatz der Damen in Weiß...für Ehemänner und Brüder findet internationale Anerkennung. Die Damen in Weiß sind eine kubanische Frauenbewegung, die sich für die Menschenrechte in ihrem Heimatland Kuba einsetzen.

Martin Lessenthin in: Menschenrechte Nr. 2, 2014

Auszüge aus dem Libretto
von J. Sonnleitner und G.F. Treitschke
Meiner Ehefrau Ilse gewidmet

1. Aufzug, 6. Auftritt
Leonore:.. Ich folg dem inneren Triebe, ich wanke nicht,
Mich stärkt die Pflicht der treuen Gattenliebe
O du, für den ich alles trug, könnt ich zur Stelle dringen,
Wo Bosheit dich in Fesseln schlug und süßen Trost dir bringen!
Ich folg dem innern Triebe, ich wanke nicht.
Mich stärkt die Pflicht der treuen Gattenliebe!

1. Aufzug, 9. Auftritt
Chor der Gefangenen
O welche Lust, in freier Luft den Atem leicht zu heben!
Nur hier, nur hier ist Leben, der Kerker eine Gruft.
Erster Gefangener: Wir wollen mit Vertrauen auf Gottes Hilfe bauen!
Die Hoffnung flüstert sanft mir zu: Wir werden frei, wir finden Ruh'.
Alle andern:
O Himmel! Rettung! Welch ein Glück! O Freiheit! Kehrest du zurück?

2. Aufzug, 2. Auftritt
Leonore: Wer du auch seist, ich will dich retten, bei Gott, du sollst kein Opfer sein!
Gewiss, ich löse deine Ketten, ich will, du Armer, dich befrein.

2. Aufzug, 5. Auftritt
Florestan: Meine Leonore! Geliebtes Weib! Engel, den Gott wie ein Wunder zu meiner Rettung mir gesendet, lass an dies Herz dich drücken!

2. Aufzug, 7. Auftritt
Chor der Gefangenen und des Volkes
Heil sei dem Tag, Heil sei der Stunde, die lang ersehnt, doch unvermeint
Gerechtigkeit mit Huld im Bunde vor unseres Grabes Tor erscheint!
Fernando (Minister):

Des besten Königs Wink und Wille führt mich zu euch, ihr Armen her,
Dass ich der Frevel Nacht enthülle, die all' umfangen schwarz und schwer.
Nein, nicht länger knieet sklavisch nieder, Tyrannenstrenge sei mir fern.
Es sucht der Bruder seine Brüder, und kann er helfen, hilft er gern.
....
Fernando zu Rocco (Kerkermeister):
Du schlossest auf des Edlen Grab, so nimm ihm seine Ketten ab-
Doch halt! Euch edle Frau allein Euch ziemt es, ganz ihn zu befrein.
Leonore: O Gott, welch ein Augenblick!
Florestan: O unaussprechlich süßes Glück!
Fernando: Gerecht, o Gott! Ist dein Gericht!.....
Chor: Wer ein holdes Weib errungen, stimm in unsern Jubel ein!
Nie wird es zu hoch besungen, Retterin des Gatten sein.
Florestan: Deine Treu erhielt mein 'Leben, Tugend schreckt den Bösewicht.
Leonore: Liebe führt mein Bestreben, wahre Liebe fürchtet nicht. ...

Syrien: Frans van der Lugt- Märtyrer der Neuzeit

Sein Testament : Helfen!
Iwan Agrusow, dem Gründer der Internationalen Gesellschaft für Menschenrechte, gewidmet

Foto: Pater Ziad Hilal

Wieviel Hass braucht es, einen Menschen, der sein Leben in den Dienst der Hilfe für die Armen und Benachteiligten gestellt hat, zu misshandeln und ihn dann umzubringen? Am 7. April 2014 wurde der 75-jährige Pater Frans van der Lugt in der Innenstadt von Homs von bewaffneten maskierten Männern angegriffen, misshandelt und mit zwei Kopfschüssen getötet. Fast 5o Jahre wirkte er in Syrien. Die letzten zweieinhalb Jahre während der Kämpfe stand er als Helfer und Seelsorger den wenigen verbliebenen Familien in der Innenstadt von Homs zur Seite.

Die drei Jesuitenpatres Ziad Hilal, Ghassan Saloui und Frans van der Lugt wussten: Ihre Arbeit in Homs, der drittgrößten Stadt Syriens, war und ist gefährlich. Der

Innenbereich von ca 1,5 Kilometer Durchmesser ist seit Anfang Mai 2012 in der Hand von Assad-Gegnern. Um diese hat die syrische Armee einen Ring gezogen. Noch immer gibt es keinen Zugang. Die 10 Kirchen in der Innenstadt sind zerstört, Häuser und Straßen Trümmerfelder. Von den einst 60000 Christen im Zentrum von Homs leben nach zwei Jahren Bürgerkrieg nur noch 66. Die Verteilung der wenigen noch vorhandenen Lebensmittel aus den Vorräten verlassener Kirchengemeinden und aus den Kellern der Häusertrümmer an die, die die Flucht aus der Stadt nicht geschafft hatten, übernahm Pater Frans van der Lugt. Mit den beiden anderen Patres, die außerhalb des Militärrings arbeiteten, kommunizierte er, wenn es Strom gab, per Internet, sonst mit dem Mobiltelefon. Im Februar noch hatte er mit einem eindringlichen Appell auf den Hunger, die psychische Belastung, mangelnde Sicherheit aufmerksam gemacht. Als vor wenigen Wochen für Stunden ein Korridor zur Innenstadt geöffnet wurde, um Hilfsgüter in die Stadt zu bringen und die Zivilisten vor einem massiven Angriff der Armee eine Möglichkeit zum Verlassen der Innenstadt gegeben werden sollte, entschied sich Frans van der Lugt, bei denen zu bleiben, die nicht fliehen konnten oder wollten, darunter 24 Christen.

Pater Ziad und Pater Ghassan haben trotz des aktuellen Unglücks Homs nicht verlassen und setzten ihre Arbeit für über 5000 Flüchtlingsfamilien fort, die je nach Größe standardisiert gepackte Tüten erhalten, mit allem, was eine Familie zum Überleben braucht, hauptsächlich Lebensmittel und Hygieneartikel.

Besonders setzten sie sich für die Kinder ein. Deren

seelisches Heil lag ihnen ebenso am Herzen wie die materielle Versorgung.

Quelle: Für die Menschenrechte Nr.4, Mai 2014, IGFM, Internationale Gesellschaft für Menschenrechte- Deutsche Sektion, Borsigallee 9, 60388 Frankfurt/M Spendenkonto: IBAN: DE73512500000023000725.

Syrien: Tagebuch des Maristen Sabe
Wir lassen uns von der Angst nicht lähmen:
Herrn Karl Hafen, Geschäftsführer der Internationalen Menschenrechte und seinen Mitarbeitern gewidmet

Seit dem 2. Juni 2014 ist die gesamte Stadt Aleppo, mehr als 2 Millionen Menschen, von der Wasserversorgung abgeschnitten. Eine Stadt, gemartert und vergessen mitten in einer Welt von Gleichgültigkeit. Es ist empörend, Kinder und ältere Menschen in den Straßen von Aleppo warten vor dem Wasserhahn, um eine Dose oder eine Flasche Wasser zu füllen.
Wie ist es möglich, dass im 3. Jahrtausend einer ganzen Stadt das Wasser entzogen werden kann? Wir, die Blauen Maristen, haben Appelle gestartet, um dieses Verbrechen gegen die Menschlichkeit anzuprangern. Wir tun alles, um die um Wasser Bittenden Wasser zu liefern, aber die Situation ist unhaltbar geworden. Es ist heiß fast 40 Grad... Die Hauptbeschäftigung vieler Menschen wird heute sein, Wasser zu finden. Es ist eine Schande.
Vor drei Jahren, als der Krieg in Aleppo ausbrach, war Ramadan. Es war der Ramadan der Vertreibung, letztes Jahr war es der Ramadan der Blockade und in diesem

Jahr ist es der Ramadan der Abschneidung von der Wasserversorgung. Was wird nächstes Jahr geschehen? Warum müssen die Leute immer noch leiden? Die Menschen sind erschöpft. Stellen Sie sich vor, dass das Auffüllen von zwei Dosen Wasser mindestens eine Stunde Ihrer Zeit kostet. Und dass das Wasser zu Krankheiten, Vergiftungen und manchmal Krankenhausaufenthalt führen kann. Ich lade Sie ein, diese Erfahrung zu machen. Einen Tag ohne Strom, ohne Kühlschrank, ohne Waschmaschine, ohne TV, ohne das.....

Ich denke an den Akademiker, der mit einem seiner Kinder an seinem Arbeitsplatz schläft, während die restliche achtköpfige Familie in der Karosserie eines Busses lebt. Ich denke an einen Chauffeur, Vater von vier Kindern, von denen zwei behindert sind, der mit zwei anderen Familien im Keller lebt. Viele Bürger Aleppos haben die Stadt verlassen, auf der Suche an anderer Stelle in Syrien oder im Ausland ein würdiges Leben führen zu können. ....Wenn man in Aleppo lebt, ist man hin und her gerissen. Sollte man warten, um es irgendwann zu verlassen oder sollte man es sofort tun? Sollte man einen Generator installieren oder warten, bis der Strom wieder angestellt wird? Sollten die Kinder trotz der Angst vor einem Mörder oder einer verirrten Kugel nach draußen gehen oder im Hause bleiben? Welche Aktivitäten starten, für wen warum und in wessen Namen?

Und dann gibt es eine Bedrohung, die von außen kommt, von diesen Fanatikern, um eine Schreckensherrschaft zu eröffnen.... Sie sind da, um ein Gesetz im Namen einer Religion zu verhängen, mit der sich viele ihrer

Glaubensbrüder nicht identifizieren. Sie töten, sie verbieten, sie verhindern das freie Glaubensbekenntnis. Sie verlangen Tribut, "lajizya"- eine Steuer auf Nichtmoslems- oder zwingen, alles aufzugeben und die Stadt zu verlassen.

Wir Blauen Maristen haben uns entschieden, Initiativen zu ergreifen. Wir lassen uns von der Angst nicht lähmen. Unsere Aktivitäten gehen weiter. Die Kinder der beiden Projekte: "Ich will lernen" und "Lernen um zu wachsen" kommen in zwei Wochen wieder. Die regelmäßige monatliche Verteilung der verschiedenen Lebensmittelkörbe, die Verteilung von warmen Mahlzeiten, Kleidung etc.., die Hilfe für die Verwundeten und Versehrten durch Mörserbeschuss geht weiter.

Im Namen der Blauen Maristen, Bruder Georg Sabe"
Quelle: Für Die Menschenrechte Nr.8, August 2014 s.o.

Die Erfahrungen in drei Kontinenten
Von Schwester Hatune
Vom 09. 04-05. 05 2014

Den Mitgliedern des Kuratoriums der Stephanus-Stiftung für verfolgte Christen,
Frau Straub, den Herren Hafen, Flick, Langer, Wenner sowie Herrn Peter gewidmet

Vorbemerkung
Schwester Hatune Dogan musste mit ihrer Familie aus der Süd-Osttürkei nach Deutschland fliehen, weil sie als Christen verfolgt wurden. Die Ordensschwester setzt sich für Hilfsprojekte weltweit, u.a. in Indien ein und betreut unter Lebensgefahr verfolgte Christen im Irak und Syrien. Mit Recht wurde sie wiederholt mit Mutter Teresa verglichen. Auch sie würde den Friedensnobelpreis verdienen. Sie ist eine ganz große Bereicherung für unser Land.

Hier ihr Bericht (gekürzt):
"Mein Wunsch war einmal, Ostern mit einem armen Menschen zu erleben, weil seit 1991 ich immer nur zu Weihnachten und Neujahr, aber nie zu Ostern da war.
Die Erfahrungen waren, genau wie bei den ersten Weihnachten, fremd, Ein anderes Problem kam auf mich zu: Es war extrem heiß. Da ich seit meiner Kopfoperation am 02.04.2013 Thrombosen bekommen habe, kann ich die Hitze noch schlechter ertragen. Aber ich habe es ausgehalten. Am 20.04. War ich um 6 Uhr bei der Ostermesse dabei. 21.04 war Ostermontag.

22.04 fing die Arbeit im Büro an.
Mat. 25, 34-40, "ich war hungrig und durstig, und ihr habt mir nichts zu essen gegeben."
Wir versuchten, Nahrungssäcke auszugeben. 100 Familien = 600Euro.
"Ich war durstig und ihr habt mir nichts zu trinken gegeben".
Wir versuchten, Brunnen für Trinkwasser zu öffnen = 500 Euro.
"Ich war krank und ihr habt mich nicht besucht."
Wir versuchen durch rezeptfreie Medizin kostenlos Hilfe zu leisten 600 Euro und für 150 Euro Tabletten.
"Ich war obdachlos und ihr habt mich nicht beherbergt."
Wir fördern den Hausbau für die Obdachlosen für 450 Euro.
"Ich war nackt und ihr habt mich nicht bekleidet".
Wir versuchen, Schulkindern und anderen Bedürftigen Kleidung auszugeben. Je Kind 20 Euro pro Monat oder einmalig 40 Euro nur für Kleider.
Für das Waisenhaus für 2oo Kinder sind die Planungen abgeschlossen, sowie für ein Haus für "Ausgestoßene" (Parias). Die Tagesklinik ist bereits in Betrieb.
Geplant sind weiter:
1 Kirche
1 Haus für obdachlose Arbeiter
1 kleine Textilfabrik für arme Frauen (Hilfe zur Selbsthilfe)
1 Bibliothek
1 Schule für arme Kinder, die besonders begabt sind, aber aus Armutsgründen nicht in die Schule gehen können- der Schulbesuch ist nur Kindern reicher Eltern vorbehalten. Letzteres Projekt ist vorgeplant.

Am 23.05 Abflug in den Nahen Osten. Um 02.00 Uhr sind wir in Istanbul angekommen. Ich wurde von Jakob und seinen Freunden etwas verspätet abgeholt. Er hat mich zum Flüchtlingslager gebracht. In dem Lager waren syrische Flüchtlinge, die nichts anderes wollten, als in Frieden zu leben und nicht Spielball politischer Streitigkeiten zu sein. Die syrische Regierung unter Bashar hat viele Fehler gemacht. Das Ziel des Fluges war die Flüchtlingsarbeit.

19 Familien haben nicht geschlafen und auf mich gewartet, sie waren traumatisiert und von der Angst gezeichnet. Ich versuchte, die traumatisierten Personen zu therapieren, obwohl nur ein oder zwei Gespräche möglich waren, die nicht ausreichten.

Es war Gelegenheit sich ein wenig auszusprechen, um ihnen aus ihrem Trauma herauszuhelfen. Ich habe wieder viele christliche, syrische aber auch irakische Flüchtlinge getroffen.

Die misshandelten Menschen haben alle sehr große Angst. Zurück können sie nicht und es ist offen, ob sie in den Westen weiter flüchten können. Ich glaube aber, dass ich diesen bedauernswerten Menschen Erste Hilfe leisten konnte. Ihr Leben ist in ihren Heimatländern in größter Gefahr.

Ich appelliere an die europäischen Staaten, diese Flüchtlinge zu beschützen.

29.05.-30.05 am Flughafen gewartet. Dort traf ich eine kurdische Frau, in Tirbaspia geboren, 17 Jahre in Raka gewohnt, jetzt lebt sie in Deutschland. Sie war sehr gut informiert über die jetzige Lage in Syrien.

Frauengesetze- Behinderung
Schächtung und die Köpfe auf Zaunspitze gesetzt. Und keiner darf etwas sagen. Wer nicht folgt, wird getötet.

Ich erzähle vom Schicksal eines jungen Mannes in Stellvertretung für die andern Schicksale.
S.A. ist 25 Jahre alt. Er wurde von den Dschihadisten entführt vom 03.05 2013 - 13.05 2013 gefangen gehalten. Während dieser Zeit wurde er jeden Tag geschlagen, gefoltert, gehängt mit dem Kopf nach unten und die Fußsohlen mit Stöcken traktiert..
Er wurde beschimpft, bespuckt und immer wieder gezwungen, sich zum Islam zu bekennen. Er hat sich geweigert und wurde dann immer stärker gefoltert. Getötet haben sie ihn nicht, weil sie Lösegeld erpressen wollten.
Die Eltern hatten versucht, innerhalb dieser 10 Tage die Summe von 11000 US- Dollar zu besorgen. Sie haben ihren Sohn halbtot auf der Straße aufgelesen.

In Syrien ist es genauso gefährlich wie im Irak. Plötzlich ist der Nachbar zum gefährlichen Feind geworden. Die Christen leiden auf vielfache Weise, weil Baschar Assad keinen Schutz bietet.
Ein junger Mann berichtet mir: Er sei seit 8 Monaten Flüchtling mit seinem Bruder. Er sei vor dem Soldatendienst geflohen. Er wollte nicht kämpfen, weil er für Frieden sei. ...Er war auch nicht bereit, für die Fehler der Regierung zu kämpfen..

Viele der Kämpfer sind Schächter, sie wollen die anderen töten. Es geht nur noch darum, ich oder du

Wenn wir uns weigern, kommen die Fanatiker, die einen islamischen Staat wollen ......"

Nachwort

Auch wenn die allermeisten kaum in eine vergleichbare Lage kommen wie die in den Geschichten beschriebenen Lebensretter, stellt sich manchem die Frage: Wie würde ich mich in einer ähnlichen Lage verhalten? Manchem mag ein Gefühl der Ohnmacht überkommen im Hinblick auf die immer brutaler werdenden Kriege und Bürgerkriege. Was kann ich angesichts des unsäglichen Leidens der Zivilbevölkerung tun?
Neben Unterschriftenlisten, Petitionen an die Verantwortlichen und Spenden an Hilfswerke wird insbesondere von Christen in den Verfolgerstaaten darum gebeten, im Gebet an sie zu denken. Das mag vielen aussichtslos erscheinen. Die jüngere deutsche Geschichte zeigt: Durch Gebete und Lichterketten in Leipzig und anderen Städten der DDR wurde eine vor Waffen starrende Diktatur durch eine friedliche Revolution unblutig überwunden.
Die Macht des Gebetes hat der Dichter Reinhold Schneider eindrucksvoll in einem Gedicht ausgedrückt, das er während der Schrecken der NS-Diktatur 1936 schrieb:

Allein den Betern kann es noch gelingen,
das Schwert von unseren Häuptern aufzuhalten
und diese Welt den richtenden Gewalten
Durch ein geheiligt Leben abzuringen.

Denn Täter werden nie den Himmel zwingen:
Was sie vereinen, wird sich wieder spalten,
was sie erneuern, über Nacht veralten,

und was sie stiften, Not und Unheil bringen.

Jetzt ist die Zeit, da sich das Heil verbirgt,
Und Menschenhochmut auf dem Markte feiert,
indes im Dom die Beter sich verhüllen.

Bis Gott aus unseren Opfern Segen wirkt
Und in den Tiefen, die kein Aug' entschleiert,
die trockenen Brunnen sich mit Leben füllen.